UN PAS DE DEUX

JAVIER SANTISO

UN PAS DE DEUX

roman

GALLIMARD

Javier Santiso est représenté par Catherine Farin.

I

> « Passer les murs est une chose douloureuse,
>   on en tombe
> malade mais c'est indispensable.
> Le monde est un. Quant aux murs...
> Et les murs sont une part de toi »
>
> TOMAS TRANSTRÖMER

Les jours avancent comme des murs froids. Dans tous les recoins, les silences s'enroulent, se lovent sur eux-mêmes, des nids de vipères, retors, tous crocs dehors. Ils attendent que l'on passe devant, qu'on les piétine, qu'on les mette à nu, les batte à mort, les heures crachent leur venin à chaque secousse, les jets, les crocs, les minutes tanguent, lèchent les plaies, avalent les couleuvres. La lumière comme une poignée de riz s'éparpille dans les pièces, se jette, folle, à nos cous, se cale contre nos ventres, nous farfouille les entrailles comme le ferait un couple qui s'aime en corps.

Les arbres lancent leurs grappes, touillent leurs grumeaux verts, les mélangent à l'air. Dans le ciel le soleil fait une dernière voltige. Plus rien ne bouge. Le vent a cessé de siffler, la maison de craquer, les graviers de crisser. Tout enfin se tait, se défait. Nous sommes tous les deux devenus plus lents que jamais, de vrais lézards au soleil. On avance de quelques millimètres à chaque siècle. Cela fait des années que l'on sèche ainsi, le ventre à l'air, on se regarde en chiens de faïence, comme des poutres, accrochés aux souvenirs. De temps à autre, on aboie, lorsque le couvert est mis, lorsque l'on sonne à la porte, on hurle aux loups, on couve, les poings serrés. On va à la cuisine, laper l'assiette, puis on revient, repus, toi au point d'eau de l'atelier, les yeux rivés sur la toile, moi auprès de l'évier, de la machine à coudre, de la table où je note les ventes, tiens les comptes, ma vie collée à la tienne, auprès de toi, ma vie sans toi.

Il est des moments qui sont ainsi, ils entrent dans nos vies sans crier, à peine un froncement, et nous chamboulent de haut en bas, d'est en ouest, dans toutes les directions, des moments qui se transforment en destin, on se rencontre, on se touche, et parfois se retouche, puis c'est l'embardée, les années pleuvent, et un jour on s'éteint, on renonce à tuer le temps, et c'est lui qui nous uppercute, nous crache au visage, de toute manière la vie a cessé, depuis longtemps, d'être une fête, une berge, une colline, ici c'est plutôt un terrain vague, une décharge à ciel ouvert, la vie comme un coup de dés, un lancer qui n'abolit rien, pas même ce bazar entre nous, cette maison trop large, ce ciel trop haut, tous ces jours impairs qui font la gueule, mourir le plus tard possible à quoi bon, si tout est déjà parti.

Au début c'était cotillons, paillettes et guirlandes. On s'était croisés la première fois à ton retour d'Europe, en mille neuf cent dix. New York n'avait pas encore les grands gratte-ciel, mais déjà ils poussaient comme des champignons un peu partout, dans les cours des Beaux-Arts, avant tes voyages en Europe, on était encore des apprentis, ce n'est que beaucoup plus tard, que l'on s'est vraiment trouvés, en mille neuf cent vingt-trois pour être précise. J'aimais tes aquarelles, tu te collais souvent à moi, tu étais un peu gauche, jamais à ta place, en tout cas pas à l'aise avec les femmes, ton regard était aussi bleu que celui de tes aquarelles, et petit à petit la romance a commencé, feutrée, tu avalais tes mots, même mon prénom, de sorte que ne restait plus que mon diminutif dans ta bouche, et bientôt, oui, aussi, mes lèvres.

Tous les jours alors c'était la fête, la vie à pleins poumons, sans corde de rappel. On vivait dans notre studio vétuste, sans frigo ni toilettes, confinés entre quatre murs, pendant trois années, mais au début tout cela était une note de bas de page, un pli de robe. Puis ont déboulé les années bien tassées, la glu à tous les coins, les heures qui tournent en rond, la vase à tous les étages, la vie avec les gravats que l'on se jette à la figure, les paroles qui ricochent et esquintent. On s'est embourbés, ficelles à la patte, rien que des heures à moudre. On est devenus des arlequins délavés, des couleurs sans angles, jetées à plat. On s'est mis ainsi à vivre, à mal vivre, dans des jours sans relief, vieillis, cramoisis, dans ce soleil trop blanc, rabougri qui maintenant traverse les pièces, ce soleil avec la faim au ventre, qui serre la tenaille. Sa mâchoire se referme sur notre chair, mais rien à faire, elle non plus n'a plus d'appétit.

Je te regarde. Mais tu es loin, toujours, encore, loin de moi, loin de cette vie à deux qui n'en est plus une. Tu aimes les fleurs, les pudiques, les éhontées, les boursouflées, tous les types de fleurs, et pourtant tu ne m'en as jamais offert, ou si peu, à peine quelques bouquets, composés à la va-vite. De même tu détestais les bijoux, les parures, les colliers, dans tes toiles on n'en verra d'ailleurs aucun, pas plus, avec les années, qu'on ne les verra à mon cou. À nos débuts, on allait aux bals, histoire de se dégourdir les jambes, puis on a cessé de le faire, ton corps devenant chaque fois plus grand, plus large, plus lourd. Tu adorais nos heures passées à lire ensemble, des poèmes surtout, on le faisait à haute voix, j'étais ravie, en ce temps je voulais être comédienne, et puis Verlaine et ce brigand de Rimbaud étaient aussi mes préférés.

On a continué à peindre. Chacun dans son coin. Surtout toi. Pour donner le change, avec ton air d'artiste, de ne pas y croire, mais affairé à ta gloire. Moi, cela fait des lustres que j'ai laissé les pinceaux, que j'ai jeté les gouaches au caniveau, fourré les toiles sous la mansarde. Parfois, la nuit, tu te colles contre moi, les mains encroûtées, la paume qui râpe. Ta peau se frotte à la mienne, comme une grande allumette gelée, aucune envie que tu me prennes, que tu me levures, me lèves, me lèvres, encore moins que tu entres en moi. Tu te tournes, te mets alors sur le dos, puis sur le côté, rectifies l'angle, te lasses, et enfin te tasses. La nuit peut alors, enfin, commencer. Je me laisse couler sous les draps, dans le formol blanc de ce lit trop grand. Je suis alors une dragée, du sucre qui se dissout dans l'eau, dans cette bassine d'acide, dans le tonneau de la nuit qui vendange. Je me recroqueville, fais la momie, me blottis dans le noir, pense à ce gâchis, à tout ce vide, les années jetées par-dessus la balustrade.

Cela fait des lustres que l'on n'a plus dans nos vies ni menthe ni gingembre. Nous sommes comme de vieux chiffons, du bois que l'on savonne pour le faire briller, des reliques usées jusqu'au trognon. Avec nos deux pauvres corps, toujours plus velus et aveugles, toujours plus infimes, on traverse l'éboulement des jours, comme des taupes prises dans les galeries de la maison, on ronge chaque heure à la racine, on attend que reviennent les matins jaunes de juillet, que l'été déballe son cartable d'écolier, et nous emballe de nouveau. Mais l'envie n'y est plus, cela fait des siècles que nous ne sommes plus des enfants, que l'on ne serre plus les dents, on reste calés dans nos tissus, toi dans tes pantalons, moi dans mes jupes, les jours deviennent de plus en plus longs, de plus en plus lents, ils fermentent, ruminent, se tordent entre nos doigts, parfois ils laissent échapper un éclat, toujours très bref, toujours par mégarde, un éclat de ciseaux rouillés. Les heures macèrent ainsi, elles deviennent cette bouillie molle, plus tiède que chaude, plus morte que vive. Parfois on se redresse, on marche quelques pas, on avale quelques goulées d'air cru, et puis on revient au point de départ, on agite les spatules, touille quelques heures de plus, avant de passer à autre chose.

Je tiens mon journal, comme je peux, remonte les pages, essuie les phrases, les lubrifie pour masquer, pour me donner le change. Les mots me montent au nez comme de la moutarde, rances, exténués, les mots se collent aux pages. Cela fait des siècles qu'ils ont cessé de bruire, de se mêler dans nos bouches, d'être frais. Les mots ont cessé de parler, ce sont à peine des brindilles, eux qui à nos débuts étaient des forêts, touffus comme des sous-bois, des mots libres, pleins d'oiseaux, des mots vrais qui dévalaient les pentes, traversaient les fourrés, chaque conversation était un voyage. Maintenant tout pèse, on soupèse même nos silences, même la pluie et le beau temps ont cessé d'être des sujets de conversation.

Le cœur est une cave où je fourgue tout ce que je peux, des chapitres entiers de cette vie qui se réduit à un ou deux envols, le temps de nos années jeunes, juteuses, fraîches, le temps des joies alors en barre, juste avant les guerres, les tranchées, les montées au front. Dans les années vingt, nous courions les galeries, on traversait la ville, sur notre quarantaine, nous commencions à comprendre que le temps pressait. Dans les vernissages on croisait de tout, de grandes échasses en quête de leurs hérons, d'autres volatiles de basse-cour à la recherche d'accoudoirs où se percher, d'une bassine où picorer, des artistes sur le déclin, d'autres sur leur tremplin, à la crête d'une gloire tout aussi dérisoire qu'éphémère. Ils disparaissaient des tournois dès les premiers tours de piste, se volatilisaient dès les premières giboulées, faisaient leur tour et puis, fini, terminé, la révérence.

Alors on cavalait partout, moi plus ronde, plus vive, à peine un mètre cinquante, toi perché sur tes presque deux mètres, maigre comme un fil de fer, avec ton air bougon d'ours mal léché. On s'est mariés sur le tard, à cet âge où on commence à serrer au centre, pour éviter de partir dans le décor. On roulait au milieu de tout, pour éviter les écarts, les embardées, éviter à tout prix de dévisser, de tomber dans une crevasse, de perdre l'équilibre, ou, pire encore, de perdre la tête, le cœur, ou tous les organes d'un coup. On ne tombe pas amoureux, l'expression est ridicule. C'est la vie qui nous tombe dessus, s'emballe, nous chambarde, et parfois on ose à peine lui donner le change, on reste pingre, accroché à ce tronc qui n'est qu'un bout de bois mort, une branche à la dérive, on se noie dans un verre d'eau, faute de boire la mer en entier, de se saouler à vie.

On s'est ainsi mis ensemble, comme on empile deux troncs gercés, côtes à côtes, à l'écart des clairières, loin de l'affolement des papillons, deux troncs au milieu de ce fatras des jours qui ont suivi. Les années sont passées, avec leurs chromes, leurs dérives, l'homme à mes côtés s'est lui aussi effeuillé sans trop de bruit. Les ciels ont cessé de s'ébrouer, on est partis chacun de son côté, toi avec tes toiles, moi avec mes comptes. Les jours ont perdu leur vernis, ils se sont desséchés, quant aux nuits, elles, un doigt sur la bouche, se sont tues pour longtemps. Elles se gavent de naphtaline, d'anxiolytiques, tout ce qui leur tombe sous la main, pourvu que le sommeil vienne, que les conifères poussent. On compte les étoiles, les moutons, les trèfles à quatre, cinq, six cents feuilles, tout ce qui, pêle-mêle, permet de tenir, une nuit de plus, une nuit encore.

Cela fait maintenant une éternité que je n'ose plus m'aventurer dans la pièce qui te sert de studio. Défense d'entrer, de traverser, nos vies sont deux impasses qui parfois se regardent flétrir. Pour ce qui me concerne, j'ai jeté l'éponge, les gouaches, les aquarelles, à peine un ou deux dessins quelquefois, à la sauvette, fini les alcools forts, pour moi aussi c'est la prohibition, une vie à sec. Parfois, je rêve, de manière molle, je me vois donnant des coups de pinceau, le sang me monte aux yeux, je reprends du poil de la bête, je saccage les verts, laisse tomber des chapes de bleus sur la toile, en trombes, en volutes. Je suis alors aux anges, au milieu des tubes, je patauge au milieu des flaques de couleurs, et l'homme qui est à côté sans y être ne devient plus qu'un lointain souvenir, un feu follet, un crissement sur le grain de la toile, la broche s'agite, elle a le poil luisant. Sur la toile apparaissent des arbres velus, le ciel hausse les épaules, le vent éponge la pluie, sous mes pas la terre chuchote.

J'aimerais retrouver l'homme qui un jour a été près de moi, te faire scintiller de nouveau, t'asticoter, me mettre à califourchon, comme quand tout a commencé, comme avant ce goût de cendre, ce trop-plein de rocaille. Je racle la croûte, la peinture a séché laissant des striures sur le dessus de la peau. L'hiver les mots tombent, comme la neige, froids et blancs, au printemps c'est le dégel, puis vient l'été, l'automne pointe son museau, alors les mots se décalottent, jonchent le sol, la page, le livre, se retournent comme de la tourbe abîmée. Mon corps craque, brûle, un bois sec. Des caillots de sang remontent les veines, eux aussi cherchent un passage, ils veulent se faire la malle, quitter cette vie qui n'en peut plus de se mentir à elle-même, de se retenir de partir.

Je te regarde dans les yeux, virer à bâbord, chercher mon angle mort. Puis tu voudrais t'arrimer, jeter les amarres, me prendre la main, déporter nos deux corps dans le jour, le temps d'une balade, aller de ponton en ponton, de rue en ruelle, de sein en fesse, comme autrefois, comme hier, comme plus jamais, car pas envie, me laisser ramoner, non merci, le temps des cerises, des promesses de grands vents, on a tout laissé derrière nous, seuls restent nos jours fripés, tout ce linge à sécher, ces tuyauteries à récurer. Ne veux plus aller de l'avant, coulisser, mugir, rougir, tout est devenu glabre, même nos regards ne regardent plus, on se jette des coups d'œil, on dandine, on jacasse, rien de grave, juste des mots qui remplissent des silences.

La terre est lourde. Depuis des années rien ne remonte vers les cimes. Les mots ont perdu leurs voyelles. Les verbes ne sont plus rouges. Nos vies se sont faites, défaites, droites, drues, les couchers de soleil ont déteint, édentés, évidés. C'étaient de belles pièces, des cerfs pleins de brames et de bonds, des biches à chaque coin de rue, nos plus belles années, à l'orée des bois, nos gueules pleines de nuit, et les yeux, ah les yeux, jamais repus, jamais à se faire prier, des yeux pleins de loups et de comptines, de fraises sauvages cueillies entre les gencives, léchées à pleine bouche.

Puis arrive un nouveau jour, on se lève, on s'accoste. À distance. Cafés, croissants, on se traverse du regard. Un nouveau jour que l'on crève, que l'on cravache, une embardée à même la croupe. L'adrénaline se défait dans la poudreuse des heures, les minutes hennissent, elles lâchent leurs crinières, même le vent s'emballe. Puis on se contrôle, on tire sur le harnais, on démâte, et alors on repart, chacun dans son recoin, lui à contre-jour, la lucarne rivée à la fenêtre, le voilà en moins de deux vissé au tabouret, la main agrippée au pinceau, le dos rond, comme un gros chat à son chevalet. Cela fait des semaines qu'il gratte, toutes griffes dehors, les tessons de lumière, il les retord comme des boyaux, les enroule les uns sur les autres, sens dessus dessous, cherche, trouve, s'égare, repart.

Certains peintres peignent avec leurs tripes, d'autres avec leurs dents, la plupart le font tout simplement avec les mains. Ils se jettent, faméliques, exsangues, sur les chevalets, là ils entassent toutes les couches qu'ils peuvent, étalent sur la toile tous les jets, éparpillent les couleurs comme autant de crachats lâchés à la volée. Leur crachin est oblique, parfois une bourrasque, rarement une flambée, jamais un orage. L'averse ne dure que quelques secondes, le temps d'empoigner un nouveau tube, de tirer sur lui comme un bas résille, et de se remettre à nu, presser fort sur le mamelon, coulisser de l'avant vers l'arrière, la trachée en feu, les yeux crevés. Les couleurs fouettent alors la toile, ricochent, brunissent, jaunissent, elles ne cessent de bouger, d'émoustiller le regard, de chercher les ornières, pour se faufiler dans la moindre issue, s'échapper de ce cadre trop étroit qu'est le tableau.

Toi tu es d'une autre race, de celle qui se pose, qui encaisse, qui absorbe, de celle qui aime les choses à leur place, même si cette place est sans issue. Comme au lit, tu ne fais qu'effleurer les choses, tu pinces du bout des doigts le raisin rose des seins, effiloche à peine tes mains. Tu lèches la toile, lapes les teintes, toujours du bout de la langue, mets ici et là un peu de vernis, deux, trois pincées de sel, comme si la surface était une grande galette des rois sur laquelle étaler la marmelade, l'onctueux, le velouté, l'auréole des couleurs. Ici pas de faste, rien que des couleurs de chapelle, bien ténues, tout en tamisé, et déjà les rais de lumière qui tombent, obliques, en lucarnes, qui frappent les dalles du sol.

De nos jours passés ensemble, il ne me reste que ces escapades, les ruades et les pinceaux, les années et les heures, les coulées douces des semaines, avec des lézardes sur les murs, les parquets qui grincent, les nuits qui sifflent, le vide qui entre partout, s'infiltre dans nos jeux, nos regards, nos vies à nu. Les soirs revenaient toujours à leur place, et moi, alors, je n'ai voulu que cela, m'enfouir comme un hérisson dans cette vase devenue trop molle, dans cette houle sans vagues, juste ce va-et-vient des eaux, qui déroule les mouvements, reprise les mêmes chiffons, ces jours trop usés, troués d'heures, enfouis sous un amas de feuilles.

J'enfile les bas, enfourche la jupe, la blouse me presse la ceinture. Je suis pleine de peaux d'orange, de citrique, d'années, pleine d'heures qui coulent en moi à pic. Mon ventre n'a plus de diapason, aucune partition à jouer, fini le temps des arpèges. Sur le ponton, toutes voiles dehors, je prends la porte comme on prend la mer, chavire, vire à gauche, prends à droite, au coin de la rue la lumière me prend à la gorge, me rappelle à la vie. Ce matin, ce sera une balade du côté de la falaise, là où la mer se fracasse le crâne contre les rochers, à grands coups de vagues, et savonne, et écume. Une bouffée d'air frais, loin de la bâtisse, marcher le front dans le ciel, les talons dans le sol, respirer un grand coup, respirer le plus haut possible.

Un jour, je me remettrai à peindre, c'est promis, juré, craché. Un jour je sortirai de ce trou, de ma vie avec toi, cette vie sans toi, même quand tu es là. Un jour je sortirai de terre, en remuant les os, je cesserai d'être petite et ronde, tassée comme un boulet de canon, sans berges ni grands larges, pleine de courbatures et de ratures. Un jour, je sortirai de cette maison qui n'en est pas une et, sur le seuil de la porte, le vent me giflera pour me réveiller une fois pour toutes, les nuits dormiront enfin debout et rêveront tout haut, très haut.

J'aurai alors le courage de prendre ma vie à deux mains, de l'étrangler une fois pour toutes, de m'enfoncer le pieu du jour au fond du corps. Le vent me dénouera les cheveux, le temps sera beau comme un voyage, une vie pleine d'étapes, de bourgeons, de taillis, de plein air et non pas ce fouillis, ces ramilles, ces lambeaux de toiles, où personne n'écarquille les yeux, pas même ces femmes qui me ressemblent. Elles aussi sont prises au piège, elles aussi sont, comme moi, plus mortes que vives, terrées entre quatre murs, et autant de planches, de plafonds, de parois. Elles se tiennent debout mais sont sans mâture, comme des arbres qui auraient perdu leur gréement, qui n'auraient plus où aller, plus de voiles à hisser.

Je voudrais peindre comme autrefois, rincer les pinceaux, épandre les couleurs, mettre des rouges au-dessus des ocres, procéder par retouches, m'acharner jusqu'à l'aube, que les formes se tordent, que les futaies sèchent, que la torche du ciel flambe, que les maisons se recroquevillent. L'aube serait de nouveau blanche, rieuse, entre les nuages le soleil jouerait des coudes pour se faire lui aussi une place, et ainsi je m'en irais d'ici, jusqu'à ce que le soir pose ses doigts sur mes yeux, qu'il me taise, vas-y, prends ta vie entre tes mains, chuchote le soir, étincelle, remue tout ce que tu peux, fais hennir tes chevaux. Puis la nuit viendra sans qu'on l'ait vue venir, les étoiles cesseront de glapir, elles se mettront à fleurir dans le pré du ciel, triturées par les doigts du vent, incapables alors de réfréner les rires, de retenir les couleurs qu'elles ont dans le cœur.

J'aurais aimé peindre tout ce que mes nuits ont vu. Peindre l'herbe qui pousse ou ne pousse pas, les voix qui se mélangent comme des aliments, toute cette vie minuscule avalée à petites bouchées, peindre les vagues qui batifolent, piaffent, sautillent, peindre les abeilles, les frelons, les fleurs qui s'évasent, guillerettes, vers le ciel, les toits qui dégringolent, peindre les routes tatouées par l'eau des pluies, oui peindre, comme je le faisais avant de te connaître, quand je jouais avec les jours, qu'ils se laissaient eux aussi aller, quand les heures filaient à leur guise, prêtes à détaler n'importe où, n'importe quand, des heures libres qui ne baissent jamais les paupières.

Mais voilà, depuis notre rencontre, les jours tombent moins vite, les années s'éteignent plus lentes, et je suis toujours là, à te regarder arriver dans notre lit de plus en plus tard, à regarder les coteaux d'en face par la fenêtre se coucher joues contre le ciel. Alors je reprends les comptes, et au milieu de cette cascade de chiffres, je trempe les yeux dans les gains, les dépenses, je marche dans cette eau qui ruisselle, et puis je referme le carnet, fatiguée, échouée. Je me résigne à éteindre la lampe, à prendre seule le tournant du sommeil, à être encore plus seule, couchée sous les draps, engoncée entre les couvertures, à attendre que tu viennes un peu, même du bout des lèvres, même pour de faux.

II

« Le cœur de l'homme est comme la mer, il a ses tempêtes, il a ses marées et dans ses profondeurs il a aussi ses perles. »

VINCENT VAN GOGH

Laisse-moi entrer en toi. Voir un jour avec tes yeux. Être coude à coude, main dans la main, dessus, dessous, me vautrer sur ton ventre, fondre en toi comme du plomb. Les personnes que l'on aime on ne les rencontre pas. Les personnes que l'on aime on les reconnaît au premier coup d'œil, au premier coup de gueule.

Dès que je t'ai vu, j'ai su que c'était toi. Ta manière de fracasser l'air, de passer à travers le jour, ta démarche, comme une chaloupe à la mer. Avant toi, ma vie passait à l'insu de mon plein gré, comme par omission. Je la traversais sans laisser de traces, sans faire de vagues. De sorte que lorsque je me retournais, plus de sentier, disparu, les touffes d'herbe déjà recouvraient tous mes pas. Avec toi tout était en enjambées, comme si ta vie se jouait à quitte ou double, à chaque instant, à chaque coup de pinceau, du moins c'est ce que j'ai voulu croire, idiote, dès le début. Par la suite, tu as tout saccagé, comme ces étés des grandes plaines, qui fanent les herbes, sèchent les ares, fissurent les sols, de vilains étés qui te rouent de coups jusqu'au sang, t'enfoncent jusqu'aux fosses.

Un peintre, je l'ai appris de toi, ce n'est pas que de la fougue ou de la foudre, un coup de reins, des savates sous les draps. Un peintre c'est celui qui s'entête à regarder dedans et dehors, à voir au lieu de regarder, à être au lieu d'exister. Lorsque tu te sentais trop sale au-dedans, à cause de cette vie âpre, qui dégouline, ce réel trop rance, suintant de partout, tu prenais ton grand corps déglingué et allais le coller devant quelques chefs-d'œuvre. On l'a fait tant de fois par la suite, ensemble, dans bien d'autres villes, mais pour toi, les maîtres seront à jamais ceux accrochés sur les murs du Louvre, ton boudoir préféré. Car devant eux, les maîtres, tu redevenais ce gamin ahuri qui écarquille les yeux, un gosse trop grand, trop gauche, qui pétille et se gave de toutes les friandises possibles, de vallons effilés, de ciels parsemés de candélabres, éberlué devant toute cette naissance du monde, ahuri de découvrir les pas du jour dans le ciel.

Tu t'échappais de la Mission évangéliste, rue de Lille, de cette chambre rachitique, enclavée dans un coin d'immeuble, pour aller gambader dans les grandes allées du musée. Là tu te baignais en entier, tu plongeais dans les toiles et en ressortais propre, comme purifié, paré pour mettre feu au monde. Le printemps avait beau s'accrocher aux châtaigniers, il pouvait bien s'entêter à semer des tonnes de fleurs dans les jardins, tu revenais dans ces salles, pour t'injecter dans les yeux les toiles des grands maîtres, ces corps charnus, gavés de muscles, ces radeaux à la dérive, cette frénésie de chair des Anciens qui jamais ne serait la tienne.

De retour dans la chambre, tu faisais alors tourner le lait de ton pinceau dans le bol de l'air, trempais le museau dans les couleurs, et tu extirpais de la toile des fenêtres, des rues, des cours. Puis tu repartais, le lendemain, déambuler sur les quais, tu plantais le chevalet sur la rive gauche pour croquer la cathédrale, avaler les ponts, te gaver des reflets de l'eau et, surtout, de la lumière et, déjà, de cette solitude qui ne t'a jamais quitté, celle des cafés et de tous les lieux de rencontres qui n'en sont pas, la solitude qui est comme la poisse, qui colle à la peau, qui mendie avec ses ongles noirs, qui est un évier empli à ras bord, une chaise sur le carrelage, une assiette sur la table, ou alors une ville où tous se croisent et ne se rencontrent jamais, toujours pressés de mourir.

Plusieurs années plus tard, avec déjà la Grande Guerre aux portes de cette ville que tu as tant aimée, tu te souviendras de ces soirs bleus, un pierrot lunaire, attablé dans une guinguette, en face de personnages tout aussi perdus, le béret vissé sur le crâne, la cigarette éteinte ou allumée, on ne saura jamais. Plus loin, un maquereau qui ne cesse de louvoyer vers la table, épie son petit monde du coin de l'œil, et cette femme qui harangue du regard, se visse au sol. Nos trois compères, eux, sont impassibles, affairés à ne rien faire, à ne rien dire, peut-être sont-ils en train de boire de l'absinthe, peut-être chuchotent-ils les vers de Rimbaud, *Par les soirs bleus d'été j'irai dans les sentiers, picoté par les blés, fouler l'herbe menue*, ce poème que tu connais par cœur, toi qui depuis l'école es passionné par cette langue faite pour les frous-frous, les dessous chics, les corsets, les messieurs tirés à quatre épingles, une langue qui ne sait pas mordre, mais qui parfois vire au cyanure, cravache un adverbe, coupe le souffle d'une seule ruade.

Ah, ces bleus. De toutes tes couleurs la préférée, la chouchoute. Tu l'as mise un peu partout. Le bleu du ciel devant cette femme, en tenue légère, qui semble flairer le soleil. Le bleu de la mer, embusquée derrière les hautes herbes, elles couleurs fauves, tout en épis. Les bleus tantôt nus, tantôt durs, presque turquoise, saphir, émeraude, dans les sorties en voilier, presque nuit, décoiffés, hirsutes, au-dessus des villes. Les bleus plaqués au sol, aux murs, derrière les voies ferrées, les bleus embusqués sur les toits, ceux qui tirent, ricochent, te criblent de balles, logées en plein cœur.

Les bleus délavés, relavés, les bleus rougissants, ceux qui sentent le soleil, les bleus qui déchirent l'air, déracinent les nuages, ceux qui consolent, qui sont chemises de nuit, jupes plissées, qui se remettent du beau aux lèvres, papillent au fond de l'iris, brouettent avec le vent, dorent les crêtes, ceux qui se fissurent avec les vagues, vont en roue libre, ceux qui guettent les aurores, avant que les ciels ne flambent. Lorsque tu les peins tu as à peine la trentaine, on est en mille neuf cent douze, Gershwin et ses rhapsodies ne sont pas loin, Picasso a changé d'époque pour virer du bleu au rose, et Guerlain a sorti *L'Heure bleue*, bien sûr, un de tes parfums fétiches.

Mais déjà, là-bas, avant de nous connaître, dans cette Ville lumière tu mettais tes personnages en cages. Tu y es allé une première fois en mille neuf cent six, pour le salon d'automne, tu avais alors à peine vingt-quatre ans. Un an auparavant les fauves étaient passés par là, mais toi tu n'avais d'yeux que pour les péniches lourdes de la Seine, tu passais des heures sur les quais encombrés, regardais distrait les gares avec toute leur ferraille, passais des heures à peindre des cages d'escalier. Et déjà les lumières crues qui blanchissent les corps. Et déjà le plein air, pour faire comme les impressionnistes, mais à ta manière, avec des hors-champ partout, des cadrages obliques, incomplets, les avant-gardes très peu pour toi, pas de grands boulevards, ni de lampions, seulement des bouts de rues, des portions d'intérieurs, des murs amputés.

Paris était une fête, les quais chantaient, mais toi tu verrouillais les visages, compressais les corps dans leur gangue. C'était plus fort que toi, tu les enfermais déjà dans les tableaux, à double tour, comme des énigmes, des anomalies, des meurtres qui jamais ne seront élucidés. Des couples qui n'en sont pas, des hommes qui se cherchent, des femmes qui se perdent, tous prisonniers, piégés dans leurs vies étriquées. Tous ont ce regard perdu, des pensées qui tournent en rond ou qui fuient quelque chose, comme si déjà la mort était à leurs trousses. On est au début des années mille neuf cent, et tu as déjà fait trois séjours dans cette capitale, une quarantaine de peintures à l'huile, une trentaine d'aquarelles et un nombre infini de croquis plus rabougris les uns que les autres, sans crinière ni hanches, rien que de l'os.

Des belles en crinoline, des sérieux en chapeaux hauts de forme, des soldats au garde-à-vous, des prostituées décolorées, des souteneurs blafards, des artistes, des saltimbanques, toute la faune de la ville défile dans ton œuvre. Ici des ouvriers harassés jouent aux cartes pour tuer le temps, là des bateliers s'agitent sur le fleuve, chargent, déchargent, les boulevards ne sont pas loin, toute la ville y passe, les toits d'ardoise, les cheminées tordues, au fusain, à l'encre, à l'huile. Tu brouettes les épis des arbres, fouettes avec les tons moutarde les façades, les corniches, les crêtes des édifices, et toujours la lumière drue, oblique, la lumière qui tombe en rafales, s'écorche aux angles, se heurte aux bastingages, toute la ville qui s'en va en coup de vent, qui, elle aussi, s'absente de sa propre vie.

Paris sera toujours dans ton grand cœur de pataud indécrottable. Tu me séduiras d'ailleurs, bien plus tard, comme à retardement, avec une carte de vœux parisienne, ce Noël mille neuf cent vingt-trois, avec ces vers de Verlaine, *La Lune blanche* : *Rêvons, c'est l'heure... C'est l'heure exquise.* Et dans ta dernière toile, les *Deux comédiens*, ce sera encore un hommage à ce pays, à cette ville, un clin d'œil aux *Enfants du paradis* de Marcel Carné, une dernière pirouette de ton satané mime Marceau qui, comme toi, articule à peine les phrases, qui attend toujours que la vie l'empoigne, quémande du regard, les bras ballants, et se tient là, bougon, longiligne, raide comme un plumeau, qu'on voudrait lui en coller une de gifle.

Et pourtant dans tes yeux les oiseaux piaillent. Ils veulent quitter ce dortoir, allumer la mèche, balancer les taies, les oreillers, les traversins, ils veulent, supplient, que la vie se mette enfin à flamber, et ne soit pas cet endormissement, cette gaine qui serre, cette coque rigide qui enchâsse tout le corps de la nuque jusqu'au bassin. Car toi, mon grand dadais, tu es de ceux qui cherchent à épuiser les possibles mais n'osent aller plus loin que le bout de leur nez. Tu es de ceux qui cherchent à être eux-mêmes, jusqu'au bout, à découvrir tous ceux qui l'habitent, sans relâche, mais qui finissent toujours par revenir au point de départ, qui calent dès les premières embardées, et se mettent très vite au point mort.

Se battre à chaque mot, dans la tranchée des jours, à chaque phrase, disputer le moindre adjectif, chaque virgule, chaque barbelé, panser les plaies, les joies, tasser chaque motte de terre, voilà ce que tu aimerais faire, être, mais tu n'oses pas, toujours enfermé dans ton trousseau, pris toi aussi comme une femme dans son corset, dans la nasse des crochets, la pression des jours, et là, tes boyaux, les tranches de viande, tout ton corps attrapé, rangé, posé, caparaçonné, boudiné, avec les heures qui bâillent, qui assènent leurs coups par piques avec des aiguilles grosses comme des compas.

Tu as découvert que la vérité de la peinture est d'apprendre à peindre l'air, la lumière qui racle le satin des jours, le jour qui baisse, se retire, la nuit qui escalade, qui grimpe au ciel, se cramponne aux étoiles, enfonce les pieux, ébouriffe le vent. Oui, tout cela, le souffle ample, vaste de la vie, les grands boulevards blonds, tu l'as mis dans le bocal étroit de tes peintures, étouffant chaque respiration, sectionnant les queues des comètes, brisant toutes les ailes. Presque tous tes tableaux sont des lieux du crime, des tueurs à gages qui attendent pour commettre leurs méfaits, ou qui reviennent sur la scène après avoir réglé son compte à un autre scélérat. Les torpeurs qui se figent dans les eaux-fortes, les nuits moites qui pèsent comme des chapes de plomb, escaliers, maisons, vérandas, dans toutes ces quiétudes tu as mis tes angoisses, tes soleils de dedans qui coagulent, le macadam qui monte dans les artères.

La littérature est comme la peinture, une montée au front, un voyage au bout de la vie, sans répit. On repique, on coulisse, on se hisse, on part à l'assaut d'un mot, d'une couleur, qui se rebiffe, qui s'escamote, qui jamais n'est à la hauteur de ce que l'on a dans le crâne. Tu es cet enfant, espiègle, malingre qui chaparde tout ce qui lui passe sous la main, un grand voleur qui ne laisse rien autour de lui, qui pique tout ce qu'il peut, qui prend la parole, la lumière, et la transforme en langage, en toile. Tu ne te prends pas au sérieux, trop occupé à être toi-même, tu ne prétends pas te faire un nom, ni même un prénom, mettre des étiquettes devant les phrases, tu sais que tout cela est beaucoup moins qu'un oiseau qui chante, ce que tu veux, toi, c'est attraper ce vol, ouvrir la cage, être plus libre que l'air.

Alors tu pioches, tu taillades, tu plies tes nuits en quatre, en recto, en verso, tu ne prêtes pas attention à ces femmes qui passent en agitant la toupie de leurs seins. Tu regardes à peine ces hommes qui sortent des mansardes, déboulent les gamelles sous le bras, les voilà qui dévastent les trottoirs, se tranchent les genoux pour courir plus vite, ricochent d'un coin à l'autre de la ville. Ces hommes se dispersent aux carrefours comme des poignées de sable, eux aussi s'effacent, emportent tous leurs organes avec eux, se fondent dans l'oubli. Tu racles la feuille de papier, tu ponces, limes, sépares, tandis que les pistons du ciel s'agitent, que dans les rues les filles déploient leurs drapeaux, que les toitures se dilatent, que les murs craquent. Partout les immeubles s'envolent, ils s'arrachent du sol, les habitants s'accrochent comme ils peuvent aux mâts des maisons, les femmes aspergent les pontons, emportent avec elles les bouches humides, de hautes mers, qu'elles cachent entre leurs cuisses, partout les regards brillent comme des pièces de monnaie.

La littérature, la peinture n'ont rien à voir avec le divertissement : à chaque coup de pinceau, à chaque phrase on peut sauter sur une mine, rester défiguré à jamais, avec un obus planté dans le corps, une balafre qui traverse la page, la toile, ricoche, pioche, éventre, te laisse les boyaux à l'air, l'estomac par terre. Je n'aime pas les phrases toutes faites, celles qui sautillent, gentilles, au lieu de bondir, en sortant les crocs, les phrases qui lèchent au lieu de mordre, celles qui sont sans houle, qui sont lâches, qui décampent à la première embardée, les phrases qui font les difficiles mais se laissent aussitôt tripoter par le premier adverbe venu, ces phrases qui déguerpissent dès qu'arrivent les loups, qui ne font pas face, tournent le dos.

De même, je n'aime pas les couleurs qui pèlent, celles qui se cachent sous les nombrils, les couleurs blafardes, les poisseuses, les pisseuses, celles qui décorent, qui sont des prothèses, des mascarades. Non, je n'aime pas les couleurs qui s'affichent à tous les étages, celles qui reculent au lieu d'avancer, tête baissée, à vive allure, les couleurs qui évitent de se précipiter vers les bords de la toile, d'aller vers les gouffres, de se mettre en danger. Peindre, c'est toujours une prise de risque, c'est se jeter sur la toile, un peu, beaucoup, à la folie, comme du haut d'une falaise. C'est risquer sa peau à chaque coup de pinceau, allumer la mèche, mettre le feu aux poudres, barbouiller de couleurs, de nitrates, de coquelicots. À chaque arpent de toile, on arrache les mauvaises herbes, on plante des jardins entiers de fleurs, des parquets de ronces. On met la nuit dans le cadre, on attrape au vol le cœur d'un soir comme tu l'as fait si bien avec les rôdeurs nocturnes.

Cette toile, *Les Noctambules*, ce sont toutes les histoires possibles, tout le vide de nos vies, étalées à la vue du monde. Celles de deux tueurs à gages qui attendent leur victime, un ex-boxeur, dans une brasserie. Celle de la femme en rouge, moi, qui retrouve dans ce bar un amant disparu, revenu, tout se passe au ralenti, tout est dans le non-dit, dans les interstices, dans ce qui ne se passe pas et ce qui se passe. Ici pas de tourbillons ni de retrouvailles, juste des oiseaux de nuit, et un soir d'été qui tombe, qui traîne des pieds, tous, le regard dans le vide. Mais ce sont surtout toutes nos histoires à nous, nos rencontres qui dérapent, se dérobent. La nuit est une gamine qui elle aussi est une voleuse : elle emporte le jour, comme le temps nous ôte la vie, nous grignote, à chaque seconde, et ainsi passent les jours, les semaines, les années, sans secousse, dans ce gouffre qui abat le vivant, le dissout, l'incinère. Le vide dans tes tableaux ce sont nos vies avalées à coups de couleurs fades, les heures molles que nous avons vécues ensemble, et que tu as recrachées sur la toile, ces journées frustes passées à s'éviter, à ruser, à simuler, en tirant sur les tringles pour faire glisser le rideau et ne plus se voir.

Dans tes tableaux le temps a raccroché les gants, fini les culbutes, les jours qui montent, les nuits pleines de toges et de clavicules, anguleuses, fiévreuses. Dans tes tableaux rien ne siffle, pas même le coup de sifflet final. Les filles y sont vieilles, aucune génisse, les enragées, les luisantes, les prêtes pour la gaudriole sont parties depuis belle lurette, alors tu les barbouilles comme tu peux, tu les vêpres, les oubliettes. Tes filles rasent les murs, aucune ne minaude, pas de jérémiades, elles fermentent toutes comme des fossiles, toujours seules, dans leurs pièces vides. Le jour se jette sur elles, leur écorche les mèches, leur épluche le menton. Ici les aisselles sont sèches, les peaux tendues, plissées, pliées, comme des corps bien rangés sur leurs étagères, comme des corps qui ne servent plus.

Dans tes toiles les personnages attendent que cela se passe. La femme en robe rouge, la chevelure rousse, le regard baissé, c'est moi, et entre ses mains une liasse de billets froissés, la tignasse verte des dollars, peut-être la paye du jour. La main de l'homme, assis à ses côtés, frôle la sienne, la mienne. Il tient une cigarette entre ses doigts, porte un chapeau, son nez aquilin plonge depuis son visage comme un faucon qui voudrait prendre son envol mais se retient. Je suis là, drapée dans l'âge extrême, une escarmouche de plus et je passerai sur l'autre rive, celle de la vieillesse, qui traîne, qui ne veut pas, même vidangée, rapiécée, la vie est têtue, elle ne renonce pas, même affadie, les mollets mous, les viandes toujours plus flasques, elle tire sur la ficelle, veut sauter à la corde, enrouler le cerceau autour des hanches, avoir du soleil plein partout, ouvrir de nouveau le bal.

La vie veut gambader, faucher l'herbe crue, humer le jour neuf qui vient, qui va, qui fait, et non pas cette glu des draps, ce comptoir qui lui aussi colle aux coudes, ces grappes avinées, sans jus. Alors on s'en sert un autre de verre, on pense aux années ensemble, au silence doré du matin lorsqu'on se coulait hors du lit, qu'on posait le pied sur la terre ferme et que la nuit glissait derrière nous, on pense aux corps chauds, vivants, au ventre des femmes qu'aucun enfant n'a traversé, au cliquetis des cuillères qui touillent la tasse, au fumet du thé, arrosé d'eau-de-vie, au silence presque dur, très sombre, qui se jette dans ce café, la gueule ouverte, le poil dru, un fauve qui vient s'abreuver à la tombée de la nuit, se lèche les babines.

Face à ce couple, le nôtre, un autre homme, de dos, accoudé au comptoir, penché, presque voûté, en crochet. Devant lui le bar, les percolateurs, la caisse enregistreuse, lui comme enfermé à double tour dans ses pensées. Dehors les immeubles sont encore plus seuls qu'en hiver, les fenêtres sont éteintes, aucune lueur, ni télévision, ni téléphone, ni rien, aucune nouvelle, aucune lampe allumée. Nous sommes comme dans un aquarium géant. Ici pas de vagues, aucun roulis, le calme blanc, étale de nos vies qui ne tanguent plus. Celui qui regarde est en dehors. Tasses, salières, poivrières, tous les détails sont offerts aux regards. Tous les personnages sont figés, hors du temps, hors d'atteinte. L'homme au costume sombre, avec le feutre sur la tête, pense sans doute à cette femme, là, à ses côtés, si près, si loin, hissée elle aussi sur un tabouret, attendant qu'il parle enfin, qu'il se confie, lui ouvre son cœur ou qu'il solde les comptes, vide son sac, lui, impassible, sur le pont du monde, prêt à larguer les amarres.

Et si cette nuit il avait enfin dit : c'est fini, restons-en là, plus envie, plus de force. Mais il n'a pas eu le courage de prendre la fuite, de quitter cette vie qui n'en peut plus, qui l'épuise, le saigne à blanc. Devant eux, le barman s'affaire, il porte un calot de cuistot sur la tête, la cafetière, repue, somnole, l'évier n'est pas loin, la nuit passe devant la vitrine, charriant ses débris, comme un fleuve qui n'en finirait pas de s'écouler. Derrière le serveur, un grand mur jaune, très lumineux, l'amour crie, hurle qu'il ne veut pas mourir. Les cœurs rapiécés, les paroles qui tombent, avant même de sortir, le silence change de robe, dérape, loupe le nouveau virage, l'heure est sans borne, infinie.

Dans la pièce tous le savent, la vie trépasse, elle se lasse, et on finit ainsi, seuls à lire, seuls à peindre, seuls au bar, seuls à mourir. Des caniveaux montent les effluves, une odeur âcre qui fouette les naseaux, mettre le nez dehors c'est prendre en pleine figure la puanteur de la ville qui se vidange, la nuit on se refait une beauté, on laisse les corps s'apaiser dans les chambres, on trempe dans les literies, rapièce les ourlets, gomme les fatigues, mais l'odeur des égouts imprègne, elle se cabre, s'entête, et la voilà, comme dans la vraie vie, qui se met à insister, et se colle aux cheveux, aux bustes, aux jambes, tout y passe, les genoux, les chevilles, les avant-bras, les fessiers, les ongles, les nombrils, les pieds.

La femme en rouge est perdue dans ses pensées, elle attend l'estocade, la poudrière, elle rumine leurs belles années ensemble, les mots dilués dans le blanc, le pinceau trempé dans les huiles, leur appartement étroit, sous les toits, les nuits aux jambes fines, plus longues que les jours. Elle pense à son appartement, à New York, quatrième étage, soixante-quatorze marches, presque cinquante années passées dans ce taudis, le seau de charbon que l'on porte pour le poêle, le monte-charge pour les fruits, les légumes, les viandes, pour ne pas avoir à redescendre puis à remonter. Ici on est très loin de la maison du bord de mer, avec son vaste atelier, très lumineux, sa baie de trente-six carreaux, tous verticaux et aucun étage à gravir, pas de marches, et autour, rien que des dunes.

On avait, certes, une grande verrière, mais le poêle à charbon empestait.

C'est rustique, l'électricité ne viendra que longtemps après, dans les années cinquante, et ce n'est que sur le tard, que toi, mon grand gaillard, tu m'as libérée des corvées. Magnanime, tu me laissais revenir avec les boîtes de conserve, pourvu qu'on te fiche la paix et que tu puisses continuer à agiter tes pinceaux. Les charpentes craquent en tout cas de toutes parts, on dirait plutôt un cabanon, une grange, que rincent les pluies, une maison blanche que l'on quitte aux premiers froids pour revenir dans la chaleur de la ville.

On ferme alors les volets, rabat les persiennes, cadenasse la trappe du sous-sol, ferme les portes à clé, et on emballe les paquets, charge la voiture. On envoie un dernier baiser au vent en guise d'adieu, en espérant que le vœu fleurisse, que l'automne qui vient sera plus clément que l'été que l'on laisse derrière soi. On peut ainsi traîner, regarder par la vitre arrière la maison devenir minuscule, seul avantage d'être interdite de conduite, d'avoir été tenue à l'écart de tout, même de tes manies. Et peu à peu la maison s'efface, se fait minuscule, puis bascule, derrière la route, en contrebas du ciel qui alors devient encore plus géant, occupe toute la hauteur.

Maintenant, nous nous sommes installés au-delà du silence, figés comme dans ton tableau. Nous sommes là, les yeux baissés, en une prière, mais aucun de nous n'y croit, les paroles sont ailleurs. On a perdu le goût des phrases, on les écoute sans les entendre, comme des légumes que l'on jette dans la poubelle, que l'on ne prend plus la peine d'éplucher. Parfois on en lâche quelques-unes, comme des volées de bois vert, on frotte leur suie sur les phrases, lâche une insulte, on souille avec le peu qui reste entre nous. Les mots, il faut faire très attention, ce ne sont pas non plus des chiffons avec lesquels on effacerait tout d'un coup. Certains sont trop délicats pour être manipulés de manière brusque, d'autres, au contraire, sont de l'arsenic, de la nitroglycérine. Surtout il ne faut pas les agiter, encore moins les casser, comme de vulgaires œufs pour une omelette, comme de dangereux protons. Sinon, gare aux jaunes, gare à la fission, une fois cassés, une fois brisés, ils tachent de manière indélébile, explosent, et on aura beau frotter, récurer, pardonner, les mots restent là, indélébiles, dans la mémoire, avec leurs alvéoles toujours plus larges.

Il y a longtemps que l'on a perdu les mots l'un pour l'autre, nous restent les débris, pas même les câlins, les tendres matins, seules ces peaux démâtées, ces pelures qui se souviennent qu'en d'autres temps elles furent reines. On ne se parle plus qu'à demi, à mots couverts, sous nos mitaines. Nos voix à peine sortent des orifices, car tous nos organes sont devenus fragiles, saignent, s'infectent. C'est l'âge, c'est surtout l'amour qui s'est égaré en chemin, qui suinte, qui suppure, les années trouées comme des paniers. On frotte, on récure, mais rien à faire, les taches prennent toute la place dans la baraque, occupent toutes les pièces, recouvrent tous les murs.

C'est cela, on a des pertes par toutes les jointures, les cloisons ne tiennent plus, les corps s'évasent, alors on cesse d'aligner les phrases, on parle par syllabes, on marmonne, on met des épingles à nourrice pour que cela tienne, on brode, on repasse, jusqu'à ce que le tissu soit usé à toutes les coutures, jusqu'à ce que les fines broderies du début ne soient plus que de lointains souvenirs. On ne veut pas froisser, tirer sur la corde, alors on ronge son frein, on serre les dents, tout ceci passera, on esquisse un sourire, on range les affaires, pli sur pli, les cartons dans les armoires, les vies dans les jours, là aussi on coule à pic, on prend l'eau de toutes parts, tout part en vrille, s'écaille, les dimanches, crus et blancs, deviennent intenables, et puis, on s'habitue, car les jours de la semaine deviennent eux aussi des dimanches, des haillons dont on reprise, sans entrain, les heures.

Dans le bar, on cherche des cigarettes pour s'occuper, la nuit s'allume, le jour s'éteint, le temps s'ennuie, il attend que la mort vienne réclamer son butin, sorte des forêts, nous débusque, vienne dans nos palais, nos huttes, et emporte tout ce qui était notre vie, les basiliques, les clochers, les cathédrales, emporte tout, l'emporte au cœur de la nuit. Je tire sur la tige, la fumée fait ses culbutes, les paupières mi-closes, fendues, vivantes, j'ouvre la bouche, à l'intérieur tout est concave, consigné, bien à sa place. Depuis des lustres aucune langue, surtout pas la tienne, n'est venue me visiter, s'enrouler dans ma niche, me soulever du coin, m'extirper, pas le moindre petit frisson. Depuis des lustres, je pousse en vain les pions sur le damier, me perds au milieu de silences toujours plus blonds, et j'ai beau empiler les tricots, mettre des cols roulés, des gilets de laine, le froid se colle à moi, il ne me lâche pas d'une semelle. Même sous toutes ces couches de vêtements, l'air me mord de toutes ses dents, je grelotte, cliquette comme les arbres dans les parcs quand le vent les rebrousse, leur grimpe dessus, et leur gèle toutes les extrémités.

On marche maintenant penchés, à cause du fardeau, les années que l'on traîne, que l'on porte, plein le dos, les rotules qui cassent sous le poids trop lourd, les jambes qui flanchent, tout en nous s'incline, et se plisse. Les murs aussi se délestent, perdent leurs pierres, les hommes tombent éreintés, la ville entière se voûte. Dans le tableau, le rimmel du soir coule tandis que la femme en rouge pense aux matins où la nuit secouait avec énergie les draps, elle se penche, alors pleine de souvenirs et de rires. Les fenêtres perdent leur cadre, elles s'envolent vers le ciel, partent en nuées, elles sont des oiseaux noctambules qui ne savent pas non plus où se poser, alors elles se baladent avec le vent lui aussi vide, agitent les ailes, sous le noir énorme de la nuit qui à son tour s'ébroue.

La femme pense aux jours anciens où les escaliers descendaient en trombe, lorsque nos cœurs avaient la gorge nouée, lorsque nos corps étaient des gamins, libres comme l'air, affûtés comme des lances. Ils traversaient alors les parois, les rues, avalaient les hors-champ, remontaient, descendaient, se ruaient l'un vers l'autre. En ces temps-là, on usait les mots à blanc, on parlait à tort et à travers, les filles avaient des corsets haut perchés, de ceux qui tombent à pic, qui dévalent les pentes, qui décollent les rétines, affolent les boussoles, vous perdent en haute mer, des corsets qui mettaient le feu aux poudres, et faisaient croasser tous les regards.

Les lionceaux, à peine sevrés, les regardaient chalouper, ces corps, avides eux aussi de grandir, de savater le bitume, de filer à travers la savane, de devenir adultes, pour découvrir enfin l'ultime lumière, celle qui, blanche, éblouit même les yeux fermés, cette lumière qui gicle dans le noir, quand toutes les lampes sont éteintes et que même les étoiles n'osent plus briller, cette lumière qui se fait au milieu de la nuit lorsque les corps se dévalisent, se donnent et se reprennent, lorsque enfin, dégondés, ils se découvrent, s'exposent, enfin, dévastés, avec les yeux qui brillent comme s'ils étaient des talismans, quand la nuit des temps se comptait en millénaires.

Je suis cette femme en rouge, perchée sur son tabouret, le regard trempé dans la douceur des choses. Quelques minutes suspendues, en plein vol, quelques effractions volées au temps, aux tumultes, aux crissants. Mes yeux aussi sont rouges, roussis par la nuit, rouges comme mes lèvres, rouge piment, rouge sang. Mes cheveux, mes pommettes, mes mains, pétries de pain, de miettes, de croûtes, elles aussi virent au rouge. Sur le cadran de ma montre le temps s'est mis à l'arrêt, il attend que la vie s'emballe à nouveau, qu'elle parte à la chambarde, se hisse, se hérisse, que les sapins sur les flancs des montagnes se jettent au cou des nuages, que les vagues scalpent les crêtes des océans, leur rasent le crâne jusqu'à l'os.

Le soleil ricane, lui aussi veut mordre à pleines dents, croquer la pomme, filer un grand coup de pied dans cette vie sans lucarnes. Mais voilà, on est ces grenouilles, prises dans le sac de toile, des grenouilles que l'on guette, que l'on attend, phares éteints, que l'on fourre ensuite dans des sacs, là-dedans, les bestioles s'agitent, elles sautent partout, parfois s'échappent puis sont reprises. On nous enferme alors dans le bocal, dans ce café vitreux, ficelés aux pattes, avec nos corps secs, racornis, collés, moisis. Une fatigue longtemps réprimée nous gagne, c'est la torpeur qui monte, elle glisse, s'épand, se fait profonde, c'est une fatigue de vaisselle qui s'accumule, de reproches durs et froids que l'on garde pour soi, alors que dehors l'été, tendu dans le bleu de la nuit, continue de crépiter, de cuire les lanières rêches des rideaux.

Pourtant, pas question. Pas le temps de mourir. Pas le temps de cette bouillie de vie. De ce pot-au-feu tiède, de cette mélasse, de ce jour qui chavire, qui dodeline, sans crinière, ni haubans. Pas le temps de crever en pleine vie, dans cette mansarde, dans ce tricot, cette maille, cette ferraille, pas le temps de perdre le temps. Dans le ciel, les ailes des oiseaux s'ouvrent et se ferment comme des persiennes mal vissées. Mon cœur au bois dormant, ma mère-grand, regarde comme les mots me tombent des yeux, je t'en supplie ne pars pas, reviens, ne me laisse pas dans cette vie à deux sans nous, dans ce cul-de-sac qui ne sait plus où voler, ouvre grandes tes babines et avale-moi, toute crue, toute nue, avale-moi plus que vive.

Je suis cette femme en robe rouge qui se pince les lèvres, qui ressasse sa vie d'avant, qui pense à son couple échoué, au moment qui viendra, quand nos chemins monteront au ciel, à toutes ces années qui tombent de fatigue, sautent d'une époque à l'autre. Je baisse la tête, attends que cela se tasse, passe, me recroqueville comme un chat, une pelote de laine, les cris cramponnés à la trachée, figés dans la gorge, la bouche sèche. Mes tripes gargouillent, elles aussi se souviennent, la bile remonte à la surface, l'acide me traverse, les mots boitent, clochent, ne viennent pas, s'en vont, la nuit encombrée d'étoiles, elle aussi muette, pleine de béquilles, la nuit belle comme un crime, suspendue à ta voix qui se tait, à ces mots que tu gardes pour toi, que tu ne diras pas, plutôt mourir, plutôt crever.

Tes mains de fougère, qui un jour se posèrent sur moi, comme des guêpes, lorsque ton cœur était lui aussi très haut et qu'il me fallait faire des pointes, monter sur le perchoir pour atteindre tes lèvres, te traverser le corps d'un baiser. Je suis cette femme en rouge que le temps éparpille, pour qui les miroirs montrent les dents, deviennent méchants, cette femme dans une nuit sans sommeil, qui ravale ses mots, qui attend qu'on la défasse, qu'on la prenne en l'air, qu'on la voltige, et que tu dises enfin les mots qui libèrent, que tu dises enfin ce que tu as dans le cœur sans penser la tête ailleurs.

Mais le silence est bavard, il s'entête à ne rien dire. La lampe grésille. Dans nos ventres la peur se loge, tombe à la renverse, cette nuit aussi tu resteras muet, les joues retroussées, pas le moindre pli, aucun sourire, pas une once de consonne, aucune voyelle. Cette nuit, qui passe comme un vol sans bruit, s'ouvre dans ce vide, comme les ailes d'une chouette qui se déploient, s'appuient sur les rambardes de l'air. Ainsi passent nos vies, sans que l'on puisse les percevoir, ni à leur source, ni à leur fin. Ceux qui vivent volent, et dans leurs envolées éparpillent les heures, les jours, les années, sans s'en rendre compte, ainsi passe cette nuit dans le silence têtu de vies qui s'évident, qui se regardent et se taisent.

Surtout ne rien dire. Ce sont tes yeux qui posent les questions, qui prennent déjà le train de nuit, tandis qu'à l'autre bout du monde les guerres se poursuivent, les enfants jouent à la marelle, sautent sur les bombes enceintes, des bombes engrossées qui déchirent les ventres, font voler en éclats. La planète entière se penche un peu plus, comme un navire qui chavire, à l'autre bout du monde des femmes perdent les eaux, suent, transpirent, hurlent, la vie surgit à chaque syllabe, râpe la peau, ponce les os, monte au ciel. Dans le bar le silence se greffe aux peaux, le vide s'agrafe au plafond, fait toutes sortes de contorsions, visse les clous. Dehors, la nuit serre les poings, pas un chat ne miaule, aucune voiture ne passe, il n'y a que nous, côte à côte, avec ce barman qui va et vient, et l'autre qui nous regarde nous taire.

Nous avons laissé à quai tous nos souvenirs, nous restons ici, accoudés, à quai, sans bagages, à attendre que l'heure passe, que les mots viennent et ne viennent pas, à attendre en vain que la vie se fane. La scène se passe en hiver, loin des prés qui flambent, loin des étés jetés à cru, mordus au garrot, loin des saisons qui déboulonnent les corps, se jettent au cou du soleil, et lui balancent une volée de baisers bien rouges, à pleines lèvres. Le barman pense à son week-end qui vient, au ressac, aux vagues qui se dressent, se hissent, à la mer qui brame, la vie avec ses flexions, ses éperdus, la vie pleine de falaises, de morsures, de torses qui débordent.

Maintenant regarde-nous, ici assis, tous les deux, bien tassés, loin des bleus du début, dans ce tableau où on ne dit plus rien, ou si peu. On attend qu'un morceau de temps passe, qu'il se disloque comme un bloc de glace, au milieu des jours à la dérive. On est comme ces ours blancs qui pataugent dans l'eau, qui tentent de se dresser sur la banquise qui part en confettis, happés, tombés, relevés, dans le chaudron des jours qui éventrent les glaciers. Nous n'avons pas eu d'enfant, pas de ventre rond, on est passés à travers, il nous reste les crédits à rembourser, le poêle à chauffer, ce deux-pièces où l'on se regardait vivre, à l'étroit, l'air chaud tournant sur lui-même, cette fosse à purin, en ville, cette falaise qui suinte, près de la mer.

Quand on s'est mariés, nous avions déjà la quarantaine bien frappée. Tout autour de nous le monde se mettait à exister, la ville n'en finissait pas de souffler ses bougies. On avait alors les fesses fermes, le gosier bien plein, mes seins étaient ronds, et tes mains ne savaient où donner de la fête, téter mes flancs ou naître à nouveau entre mes jambes, rester à jamais dans la beauté du monde ou revenir au cœur de notre royaume. Mais les étreintes à peine ne durent, les corps eux aussi se disloquent, et un jour on reste sans mots, on ne sait que dire, que faire. Alors on peint, pour retrouver le passage vers la vie, pour retrouver cette lumière des premiers jours, qui naît lorsque l'on arrive au monde, avec nos manières brusques, fouettés à vif, sans angles ni remords, alors on peint pour revenir.

On peint et le monde autour continue de tourner, on a traversé la guerre, celle qui a failli emporter ta belle ville, un des nôtres, un démocrate, est monté au trône, et puis en est aussitôt descendu, son crâne a volé en éclats, maculant la belle limousine noire, et cette femme, si belle, si effrayée, qui elle aussi a vu son monde s'écrouler, soudain la terre a cessé de tourner, nos cœurs se sont arrêtés, puis tu es retourné à ton chevalet et as repris ton long monologue avec toi-même, passant de l'appartement au cabanon, du cabanon à l'appartement, dans un va-et-vient infini, dans lequel je n'ai plus aucune prise, tout s'effrite, mes mains s'auréolent, elles aussi sont fatiguées de tenir la porte, d'attendre, de ronger leur frein.

À présent je suis loin de tout ce foin, de toute cette rumeur du monde. Je suis cette femme menue, assise, les yeux et les lèvres bien rouges, une femme lisse, suspendue dans ce moment qui n'avance ni ne recule, une femme collée à la lumière jaune d'œuf de ce mur, moulée dans le corps du silence, une femme plissée de toutes parts, rabotée, échouée, une relique accoudée au comptoir. Devant la rue de notre bar, aucune voiture ne coule, aucune ne cherche la rampe d'un parking où se mettre à l'abri, où dormir, où passer la nuit. Le sommeil nous gagne, nous picore les yeux, nous ébouriffe le regard, bientôt on ne pourra plus tenir, on prendra alors nos corps et on les emmènera ailleurs, comme des vieux arbres, on les plantera chacun dans nos jardins, et, là, on attendra que la mort vienne enfin nous reprendre.

Je me revois, petite, pleine de sang, à l'âge où les balançoires jettent les corps dans les airs, à l'âge où l'on grimpe sur les palissades, où l'on rit, tire, pousse, s'époumone. Et, plus tard, beaucoup plus tard, je suis toute blonde, toute ronde, belle dans ma robe de printemps, les hanches souples, les jambes vives, gambadant avec mon corps fait pour la course, fait pour le regard rapide des hommes, une jeune fille virevoltante, libre, sans gaine, fleurie, un bouquet de couleurs couchées à plat. Mon corps est sans clôture ni barbelés, libre comme un verger plein de fruits qui pendent aux branches, comme le sexe des hommes à l'intérieur de la fourche de leurs cuisses. Je suis cette jeune fille qui devient femme, qui grandit comme une poussée de fièvre, qui affole toutes les étoiles, cette femme qui se tient, droite, sur le ponton, face au vent, la proue levée.

D'ici on entend la banlieue qui s'approche, toute la ville qui pointe du museau. De temps en temps le sol tremble, dans les entrailles, le métro roule, se réveille. Comme un taurillon sorti de l'étable, le métal savate les rails, la rame fait crisser tous les fers, s'entortille dans les tunnels, à la recherche de la peau douce de la terre. Le cou tendu, la tête jetée en arrière, j'attends que ta langue enfin se délie, qu'elle vienne vers la mienne, mais les mots restent confinés, fourrés dans ta gorge, ne sortent pas, comme si on te l'avait coupée, la langue, sectionnée, tranchée, et moi je continue à gigoter sur mon fessier, lustrée, pomponnée, fuselée, avec toutes mes courbes prêtes pour le fourrage, hébétée, assoupie, infime, annulée.

Bientôt la nuit se calera dans nos os, on baissera le pavillon du bar, on jettera les derniers néons dans le noir. On reviendra alors à la maison, la queue basse, les joues molles, le regard blême, enfoncés chacun dans nos pensées, engoncés sur la banquette arrière du taxi. Les jours reviendront, charriant les heures, des semaines ramifiées à l'infini, et ainsi nos vies, n'osant plus sauter à la jugulaire, laissant filer les saisons, nos vies pleines d'encoignures, nos corps qui se calent, s'isolent, se plient, se détendent, s'ignorent, nos corps à jamais déliés, repoussés l'un hors de l'autre, nos corps envahis par le silence, comme des plis de robes froissées, des pages qui se retournent et laissent passer les mots, le texte vide qui tisse son horrible toile.

On vivra ainsi, au milieu de la piétaille, de vernissage en vernissage, de courbette en levrette, les décolletés, les arrondis, les hauts, les bas, devant les tableaux, les jarrets attrapés aux jambières, les flûtes de champagne qui brillent, et nous, les belles d'hier, belles comme des javelots, les bustiers ouvragés comme des boucliers, on battra la campagne, au milieu des rugueux, des abscons, des regards qui glissent. Avec nos mains de pianiste on dessinera des volutes avec nos airs de sainte, de ni touche, de claviers effarouchés, on donnera le change aux messieurs, roulant des yeux, enroulant les hanches, la voix pimentée de mots lâchés au hasard, ce bleu de méthylène, ce regard de pape posé sur nous. Mais tous n'auront à l'esprit que de s'esclaffer devant tes toiles, multipliant les partitions, les homélies, les uppercuts, ils te diront, entre risettes, combien ton plumage est lisse, combien ton ramage a du panache, est superbe.

Tous comme un essaim autour de la ruche, et ainsi, au milieu des remous et des volubiles, je te verrai briller sous les feux de la rampe, luire, le poil dru, au milieu des filles longues, des jacasses, des bien charpentées, ces filles toujours festives, avec des moulures à tous les recoins, les seins bien regroupés à toutes les étagères, comme des livres bien rangés, alignés, en ordre de bataille, prêtes pour les joutes, et les alcôves, parées pour les poussées. Ainsi, au milieu des poules et des escouades, je me frayerai un chemin, ce sera le passage des revues, les hommes se mettront au garde-à-vous, les yeux pléthoriques, friands, pleins de gourmandise.

Juchée sur les talons, donnant le change à qui m'aime me suive, je déroulerai ma panoplie de vieille fille, de celles qui vivent au-dessus de leurs moyens, qui s'échinent à rouler des hanches alors que plus personne ne s'avise à hisser le pavillon à leur passage. Je m'obstinerai à faire des gestes aériens, des volutes, avec mes mains de pianiste sans piano, à moucher l'air, à pousser des jambes, rouler du derrière, au milieu des rapaces et des chouettes, des éperviers et des pingouins, dans ce vernissage qui s'éternise, partout la banquise qui craquelle, la mer qui tangue, le roulis des phrases qui ne veulent rien dire, et sonnent creux, sans phares, seul le vent qui s'engouffre, s'enroule dans le vide d'une autre nuit passée au crible.

Une fille qui t'accoste, t'aborde, t'amarre, te saborde. Je la vois venir de loin, de très loin, avec sa voix haut perchée, toute nimbée, rutilante de boiseries, longue de cheveux, de jambes, la crinière lâchée au-dessus des épaules, la croupe bien ronde, l'encolure tout en velours. Et les seins, les seins, toutes pointes dehors, offerts, exposés, sans barbelés ni clôture, des seins de quatorze-juillet, une poitrine couleur d'une nuit qui n'en finit pas, habitée, terrassée, pleine de panache. Des seins remuants, exultants, tonitruants, de ceux qui ne doutent de rien, qui sautillent, ne pleurent pas, des seins à perte de vue, taillés à même la peau, des seins sans états d'âme, faits pour la gloire, découpés au chalumeau, brusques comme des courants d'air.

Je suis cette femme en rouge, revenue chez elle, cette femme à qui l'on a mangé dans la main, que l'on rencontre pour se tenir chaud dans la vie, qui à présent s'accroche à ce matin âpre, avec toi au loin, au loin à mes côtés, dormant comme un tronc, baignant dans le jus de l'aube, cette femme happée, dévorée, qui sait que sa vie restera plantée là, qu'elle sera menue, sans grand écart, une vie de strapontin, sans acrobaties ni jeté de ballons, une vie de jours et de nuits, bourrés à craquer de pastilles, pour passer les nerfs, pour passer le temps, pour ne pas penser aux hors-pistes, aux années brutales, aux joies sauvages d'antan, pour oublier cette vie étriquée, de rentière sans rente, une vie minuscule passée à vivoter dans le sillage de ta barque, passée à écouter les galeristes, les collectionneurs, les critiques, les entendre tous glousser devant tes toiles, de la volaille en pagaille, comme si elles étaient les septièmes merveilles du monde, les hauts hurlevents, les quarantièmes rugissants, une vie embarquée, enrôlée, incorporée à ton cortège de funambules.

Une femme que l'on hume de loin, que l'on regarde comme un dimanche qui s'éteint, une femme sans jonquilles, qui sera bientôt trapue, n'aura bientôt plus que les souvenirs pour la réchauffer, pour lui effleurer les pommettes, la fleurter, la moucheter, une femme de mercredi, de jours quelconques, collée à la pierre, prise dans la vasque, avec la lumière qui la chatouille, s'enroule à son cou, lui dit des mots doux mais qui ripent, qui sonnent faux. Quand la vie est encore de notre côté, quand les voiles s'enflent, se gonflent, se prêtent aux vents, et que les vagues trottent, ivres de vivre, sur la plage. Une femme qui ne sait plus trop où aller, pour qui toutes les rues s'étranglent, pour qui toutes les saisons se suivent et prennent des reflets tisane, pâles, tièdes. Les bruits bavardent et on ne les écoute plus, pour cette femme le monde devient un long bourdonnement qui n'en finit pas, elle s'est fée cabossée, à qui on a tout confisqué.

III

« Bien sûr. S'il ne peut y avoir de place que pour l'un d'entre nous, ce sera indubitablement pour lui. »

JOSEPHINE HOPPER

Lorsque l'on s'est connus, loin dans les années vingt, on s'est immédiatement reconnus. On avait déjà tous les deux l'âge où l'on commence à battre en retraite, où le fleuret ne fait plus mouche. J'étais l'étoile montante, la coqueluche des galeristes, toujours pétillante, belle comme un jardin, toi le taciturne, le ruminant, avec ta tête de décret, de rond-de-cuir, celui qui plus tard se pencherait sur le vide sans flageoler, peindrait des maisons sans porte, des bars sans clients, des stations-service sans voitures, bref une vie sans vie.

Lorsqu'une relation commence ce sont toujours les beaux jours, l'été même en plein hiver. J'étais alors une belle plante, comme on dit, le buste dans l'axe, le cou planté, ferme comme un arbre en terre. Le sourire quant à lui était toujours prêt à dégainer, embusqué derrière la bouche, et, soudain, il dégoupillait les lèvres, éclatait d'un coup, un vrai pétard, un sacré feu d'artifice. Il sortait de la gorge, sans prévenir, sans coup de semonce, on aurait dit un obus. Mon corps, en ce temps-là, tu aimais l'aimer, le jet dru des cuisses, la crème fouettée des épaules, tout en moi éveillait tes sens, et que dire de mes seins, abondants, débordants, impossible de les contenir, de les tenir en laisse. Sous les chemisiers, les blouses, les robes, de partout, mes seins partaient en vrille, traversaient tous les tissus, toutes les cuirasses, avec leurs pointes perforantes, prêts à plaire, envers et contre tout, prêts à percer tous les blindages.

On allait aussi souvent que possible au cinéma. Tu adorais les salles obscures, les films de gangsters, avec leurs truands en clair-obscur, leurs belles toujours galbées, élancées, tout en ténèbres, des femmes pourtant comme les autres, avec elles aussi des rêves d'ailleurs plein les yeux. On sortait pour courir les galeries, parfois un dîner en ville, on allait vite, car bientôt on attraperait la cinquantaine, on se bornerait à durer. Alors on courait, lucides, mais de vraies lucioles, ne tenant jamais une seconde en place, surtout moi. Tu restais en retrait, à l'abri, comme si ta vie était déjà un long armistice. Ta voix traînait du nez, dérapait un peu, à chaque virage de phrase, à peine si tu les terminais d'ailleurs, peur d'aller dans le décor, de rester à découvert. Alors déjà tu écorchais les mots, les raclais, faisais crisser tous leurs essieux, sortais les violes, hissais ton cou au-dessus de la carapace, histoire de montrer que tu étais là.

Au début nous étions comme des chats qui ronronnent, se frottent, se cajolent. Mais bientôt, très vite, il y eut les coups de griffes, les glaives qui sortent des fourreaux, les morsures parfois jusqu'au sang, les fracassés de crâne, les baffes qui volent, les étagères qui dévissent, à chaque volée de bois vert, les atomes crochus, nos corps, surtout le mien, cabossés. Très vite, j'ai appris, à te tenir tête, me tenir sur la brèche, remuer sur le ring, histoire d'esquiver, de te chauffer à blanc. On s'ébrouait, dans les cages d'escalier, en remontées, en descentes, on ne respectait aucun sanctuaire, toi avec tes paluches grandes comme des pressoirs, moi avec mes piques, même bousculée, refoulée, je revenais à la charge, histoire de ne pas te céder du terrain, bravache jusqu'à la tombée de la nuit.

Oui, tout cela il y eut, j'ai tout consigné dans mes carnets, vingt-quatre au total, que j'ai cachés dans le grenier de notre maison d'été, celle qui surplombe la mer, celle perchée au sommet de la dune, avec le soleil qui frappe de face, qui cogne, écrase, empoigne, enfin, toi aussi un peu ours, les narines enflées, les joues passées au chalumeau, un homme qui déroule sa houle, et puis se renfrogne, rentre dans sa case et attend le prochain dérapage, la suite du feuilleton. Pour ma part, j'ai cessé d'attraper des visages, de croquer des portraits, peu à peu j'ai arrêté de broder, de crayonner, mis de côté le cahier à spirales, les spatules, les fusains, tout ce qui avait fait ma vie avant que tu ne déboules dans la mienne.

Et pourtant, à ta manière, tu m'aimais, tu me mettais dans toutes tes toiles, sur le lit, les genoux fléchis, au soleil. Un jour je suis blonde, le lendemain je suis rousse, puis nue, puis vêtue, de noir, de rouge, ni vue ni connue, pleine de berges et d'incisions, brossée de haut en bas, d'est en ouest. Et souvent, un livre à la main, une femme instruite donc, jamais trop lascive, même quand tu peindras cette affreuse strip-teaseuse avec ses mamelons pointus, charnus, rouges, à vif. Rien de torride ni de sauvage, pas de sorties de piste scabreuses, tout est, au contraire, un peu fade, sans appas. Les roses n'ont aucune friandise, les rouges bâillent, la lumière s'écorche à chaque angle, les genoux sont tailladés. Partout, les sourires sont concaves, ils avancent à reculons, manquent de poumons, de lèvres, de tout. Et toujours, quelque part, ces fichues collines, ce vertige du vide, partout ces silences lourds, pleins de cadenas, et dans chaque recoin des maisons, dans leurs soutes, sous les toits, mes peintures, mes fausses couches, mes enfants mort-nés.

Aujourd'hui néanmoins, ma revanche, mon triomphe est là : je suis partout, à tous les étages, accrochée dans tous les musées, punaisée dans toutes les chambres. Mais j'aurai trimé pour en arriver là, une femme banale, décolorée, corporelle, intemporelle, vue en plongée ou de profil, passant comme une silhouette flottante, une femme toujours plus laconique, toujours plus diffuse, esseulée, lisant seule dans un train, tenant un livret entre les mains, un horaire des chemins de fer, seule, toujours, dans une chambre d'hôtel, dans une chambre sans meubles, avec un chemisier rouge, parfois amoureuse, toujours délaissée, tentant de deviner par quel train tu vas arriver, puis repartir, comme si ce parchemin, là, entre ses mains, était une édition précieuse, ou le plus beau poème d'amour qui soit.

Je te l'ai dit sans détour, de toute manière : interdit d'en mettre d'autres. De femmes. Dans tes toiles. Hors de question. La blonde roussie, là, assise au bar, là, penchée devant une fenêtre, ou recroquevillée sur le lit, debout devant une porte, affairée devant un tiroir, la croupe ronde, le regard oblique, tandis que le patron la dévisage, c'est moi, toujours et encore moi. Gifles, insultes, culbutes, ruades, tous les coups pas permis, les savates, je les ai consignés, comme ses toiles, dans mes carnets, chaque morsure, la moindre éraflure. Dès les débuts, on a montré les crocs, les mots noués, cravatés, à la gorge. Dehors, dans l'âtre du jour, le feu ronfle, les heures s'étouffent, on suffoque. Les instants n'arrivent pas à lâcher les amarres, la vie s'entête à faire les cent pas, la nuit qui n'en finit pas, incapable de reprendre pied.

Tu détestais mon chat, étais jaloux de mes mouvements, de mes amis, de mes sorties, et pourtant je me suis accrochée, serrée à toi. J'ai vécu à tes trousses, je me suis mise à te mijoter des petits plats, moi qui déteste la cuisine. J'ai tout lâché pour toi, troqué les pinceaux pour les fourneaux, les toiles pour les mailles. Les laveries automatiques sont devenues mon lopin de terre, mes vies déchirées, loin de la toile raclée, loin des couleurs retournées, de tout ce qui me noue, m'attache, m'attire. L'art était aussi ma passion, ma raison d'être, ma vocalise, mon souffle, mon arpège. Je voulais sans cesse aller des mains aux yeux, crever la toile, avec audace, avec génie, d'un coup de fleuret, faire jaillir quelque chose de beau, d'unique. Je voulais être décisive, inoubliable, incomparable, comme les rouges et les noirs d'un vase grec, comme ces artistes qui taquinent les siècles.

Plus ta carrière progressait, plus la mienne régressait, au point qu'elle a dévissé. Disparue dans le caniveau de notre histoire. De simple illustrateur, tu es devenu un géant adulé, aquarelliste douée, je suis restée dans l'ombre, attrapée comme une mouche dans tes toiles à toi qui ne cessaient de prendre le large, de prendre de l'ampleur. J'étais là, parfois de trois quarts, les cheveux ramenés en rouleaux, avec le temps, plus dodue, les yeux toujours enfoncés dans une bouille ronde. Oui, avec le temps, je me suis assagie, résignée, une vie de scarabée, à gratter le papier, à mettre de l'ordre dans le fouillis de nos comptes, consigner toutes tes œuvres dans le registre.

Parfois, tu me surprends avec une toile à la main. Alors, d'un bond, d'un regard, tu fulmines, me passes au vitriol. Retourne à tes fourneaux, à l'étable des comptes, lâche la rampe, vieille pomme. Le tête-à-tête avec le ciel ce n'est plus toi, tu as passé l'âge. C'est cruel, mais c'est ce que disent tes yeux qui roulent : va racler au fond de la terrine, va te fourrer dans la nuit de ton cœur et, surtout, restes-y, n'en sors plus, cesse de jérémier, de peinturlurer. Puis de nouveau le silence, un bruit de porte, un pas lourd qui fait craquer le parquet, et moi qui reste à ma place, avec de la buée dans les yeux, moi, seule, avec mes mains qui ne savent plus quoi faire, où se mettre.

Parfois un autoportrait pour me prouver que j'existe, moi toujours en noir et blanc, de côté, en retrait, toi le géant, moi la naine. Tu n'as d'ailleurs fait un portrait de moi, explicitement, qu'une seule fois, me croquant, gilet bleu, chemisier blanc, la touffe en bataille, en train de peindre. Moi de profil, attiédie, comme cette amoureuse de ton Courbet adoré qui portait le même prénom que moi, une Irlandaise aux yeux clairs. Peut-être aussi ce portrait en cachait-il un autre, celui de ta petite Française, cette amourette que tu as eue là-bas, avant moi, celle en tout cas dont le nom figure dans la dédicace d'un de tes livres, de ton fichu Verlaine. Combien de fois tes pensées ont dû filer vers ce pays, tu prenais tes poses, pérorais, parlais de ses églises, de ses beaux vitraux, de ses voûtes, et ses cathédrales, tous ces monuments si différents, tu disais, de nos pauvres églises huguenotes, trop sobres, trop retenues, mais la vérité c'est que tu filais là-bas vers cette petite poularde, cette cocarde, vers vos parties de jambes en l'air, rue de Lille, vers tous ces souvenirs logés dans ton crâne.

Cet autoportrait je ne l'ai jamais aimé, pas plus que tu n'as aimé mes peintures. Aussi ma vengeance sera de réunir toutes nos œuvres ensemble, tu imagines, toutes dans le même sac. Toutes nos œuvres côte à côte, au musée, réunies pour l'éternité. Les miennes, avec les tiennes. Ce vase bleu que j'ai peint au sortir de la guerre, avec ses fleurs rôties, laissant deviner, par la fenêtre entrouverte, quelques maisons éparses, plantées sur le crâne des collines, et là-bas, au fond, ce bleu que toi aussi tu aimais peindre, ce bleu qui racle la gorge du ciel. Ou encore ces fleurs du temps jadis, oui, ce tableau que l'on ne verra sans doute jamais, un clin d'œil à mon poète favori, Villon, pas Verlaine, celui qui parle des neiges d'antan, qui venait de ce pays où nous n'irons jamais tous les deux ensemble.

Moi aussi, tu sais, j'ai donné dans le bleu, les ciels d'une seule nuit, épiés par les étoiles, ces fenêtres que laboure la lumière. Moi aussi j'ai peint des chambres muettes, des rues désertes, une maison blanche, plaquée au sol, serrée contre la voie ferrée, celle-là même que tu me chiperas, comme un gamin avec le sac de billes, pour la mettre telle quelle dans une de tes toiles. On a tous les deux le même âge, ne va pas croire que je n'ai pas vu tes feintes, tes approches, tournant autour de moi comme un ours autour du pot de son miel. Moi aussi, comme toi, mieux que toi, j'ai vu des milliers de soleils tomber, éreintés, derrière les collines, des milliers de ciels s'ouvrir le crâne sur les crêtes âpres des montagnes.

J'avais mes cercles, mes amis, mes admirateurs. Peu à peu tous ont disparu, enfouis dans les caves, balayés de ma vie, fini les moues de gamine, bonjour les rancœurs et les rides. J'ai tenu tes registres, on a même appris l'espagnol ensemble, on faisait tout ensemble, tout sauf ce que les couples font. Dans tes toiles d'ailleurs, tout est décalé, comme nos vies, rien n'est vraiment à sa place, les rues sont désertes, les lumières artificielles, les verts trop verts, gavés d'oxyde de chrome et de cadmium, peu de voitures, pas de gratte-ciel, pas de grands espaces, rien que des visages sans fard, des femmes engoncées, froides, frigides. Et tout cela au milieu de ce silence si violent, qui crève les tympans, ce vide tellement sauvage, toutes ces heures suspendues, au-dessus de l'abîme, comme si la vie nous glissait entre les mains, et qu'il n'y avait plus rien à décortiquer.

Au fil des ans nous sommes devenus comme ces hommes et ces femmes qui ne se regardent plus, ces couples qui ne se parlent pas, des vies en creux, ensevelies sous leur linceul, un amas de ciels blancs, de poutres, de pâtes de couleurs de plus en plus perdues, des bruits de dalles qui ricochent, des voix agrafées, des manies qui nous lient les mains, nous attachent les pieds, du plomb dans l'aine, de l'acide dans l'iris. Lorsque tu passes près de moi, lorsque tu t'étires, ton corps reste toujours à quelques encablures, puis tu vires, changes de cap, hisses tes mains, et le silence retombe sur les pontons. Tu jettes le journal sur la table, un peu de bois dans le poêle, et retournes à tes fourneaux, frappes le fer, empoignes les gouaches, et peu à peu disparais à l'horizon, me laissant encore plus seule.

Dans notre appartement des premières années, on pouvait entendre les volets rouler, le papier peint miauler, gratter le dos des parois. Tout l'immeuble était parcouru de craquements intestins, de gargouillis en pleine nuit, ici se croisaient, vivaient, s'étiolaient, dessus, dessous, sur les côtés, d'autres corps qui cherchaient à se réchauffer en se frottant les uns aux autres comme des allumettes. La nuit, en revenant par le square, je pouvais voir toutes ces lumières derrière les fenêtres, toutes ces vies empilées les unes sur les autres, avec leurs essieux qui crissent, les dîners plaqués au sol, les anges qui passent à tout bout de champ, autour de la table je pouvais les imaginer se bécoter du regard, les yeux qui s'agitent comme des fèves, les jambes, nerveuses, qui trépignent, non pas ce ramassis de rien, eux, au contraire, bien vivants, se gavant les uns des autres, riant aux éclats, mêlant leurs sangs, épongeant toutes les soifs.

Les voisins on les entendait à toute heure, puis on les frôlait dans les cages d'escalier, dans l'ascenseur, sur le porche, à l'entrée ou à la sortie de l'immeuble, dans les boutiques adjacentes, tout autour, dans le quartier, dans les allées du parc, à chaque angle. Ils passaient en silence, privés d'idiomes, étrangers pour la plupart, tâtonnant d'une chaussée à l'autre, eux aussi vides, creux comme des amphores, les regards pleins d'incises, des hommes et des femmes qui s'encastrent peut-être l'un dans l'autre mais jamais ne s'unifient, restent illisibles comme des stèles trop anciennes, des langues mortes trop tôt, dès le commencement. Pour certains, sans doute, les heures continuaient de chanter, mais pour la plupart, le temps descendait sur leurs vies, comme sur les nôtres, à grandes enjambées, et prenait toute la place, ensevelissant dans sa vase, dans sa coulée, des trombes de semaines, de mois, d'années.

Parfois, dans la buanderie de l'immeuble, on croisait un regard, on enfournait le linge dans la gueule de la machine, on refermait le hublot, puis, sans crier gare, on virait de bord, un sourire en coin, on appuyait sur le bouton, les culottes, les chemisiers s'ébrouaient. Les sourires, hébétés, piégés, restaient collés sur les lèvres pendant que le linge continuait à faire ses galipettes, à jouer dans le sens des aiguilles d'une montre. Les blouses, les pantalons, les décolletés, les maillots voltigeaient comme des saltimbanques hilares, mais qui rient jaune, violet, deviennent blêmes, des pantins vides qui culbutent, qui savent soudain que leur heure est passée pour de bon, que le temps des cerises ne reviendra plus, qu'il fut un âge où l'on était sales comme des peignes mais beaux comme des dieux. Certaines phrases ne s'oublient pas, elles traversent les années et nous reviennent en pleine figure avec leurs odeurs âcres, et alors elles font mal, écorchent, arrachent, des phrases qui elles aussi deviennent adultes et finissent par se résigner, de rouler en boule.

Pendant que le bruit rond des machines continuait, il ne restait plus qu'à lire un livre, éplucher un bout de journal, feuilleter un magazine, pendant que d'autres entraient, puis sortaient, toujours des femmes, tirant des sacs énormes, ventrus, qu'elles charriaient, ouvraient, refermaient, sans cesser de bourdonner, d'agiter leurs cuisses, leurs mains, de les fourrer dans les housses, pour en extraire, glorieuses, victorieuses, autant de tissus, de chiffons, de draps, de loques. Elles bougeaient au ralenti, avec des mouvements en noir et blanc, de film muet, offrant leurs cous, leurs épaules, leurs fesses, aux rayons bravaches du soleil qui, hilare, s'en donnait à cœur joie.

La lumière fourrait son nez un peu partout, envahissant au pas de charge toute la buanderie, elle venait s'enrouler, sans ménagement, autour des corps qui brillaient comme des bouches de canon, débordait par les flancs, grimpait à califourchon sur les épaules. Elle ne laissait derrière elle que des carcasses, des débris, des proues, des corps de femmes béants comme des baies, éventrés de toutes parts par cette lumière qui les prenait à la hussarde. Parfois on se croisait dans les magasins du quartier, mon préféré était celui du charcutier, car je n'y allais qu'au compte-gouttes, la viande n'étant pas notre plat le plus quotidien. Là je m'attardais volontiers, je regardais le bonhomme décortiquer les pièces, ouvrir la viande, piquer les rognons. Et puis aussi le poissonnier, avec ses étals qui empestaient la mer, ses crevettes qui pataugeaient dans les bacs, ses arrivages de sardines, de maquereaux, d'éperlans, de poissons en tout genre dont même les noms font rêver, le poissonnier qui plongeait ses mains dans la glace, en ressortait des pièces naines, en forme d'asticots, ou d'autres, au contraire, géantes, des monstres sortis des profondeurs.

Un jour il faudra que je peigne tout ce beau monde, mes virées en ville, mes merlans, mes lottes, mes chimères, tous ces gris sur les nageoires, sur les dorsales, les striures sur le ventre, leurs yeux gros comme des billes, ronds et humides, tout cela tu ne le peindras jamais, aussi il faudrait que j'active, te prenne de vitesse. Ici aussi le vide est sidéral, tous ces poissons ensemble, enchevêtrés, sur les étagères, qui attendent chacun dans leur coin que la vie reprenne, qu'on les mette à table, les prenne, les trousse, que quelque chose enfin les ébroue, les fasse revenir à la surface, expirer, respirer, ne pas rester lettre morte, coquille vide, une vie où l'on patauge dans sa mélasse.

Puis arrivait le chahut du printemps, les regards qui fauchent le foin des filles, les herbes qui s'attardent, se hissent, partent en vadrouille, les crânes chauves des collines, les ciels badigeonnés de soleil qui reluquent tout ce qui bouge. Je retrouvais alors la rue, les pelouses épilées, les gares somnolentes sous les couettes, tous les lieux des belles endormies, là où les corps des autres filles se faisaient eux aussi plus compacts, sans ratures ni rayures, toutes ovulaient en même temps, toutes voulaient laisser voler leurs épaules. Elles les ouvraient et les refermaient, blanches comme des pages, les bras sans cesse dépliés, voulant décoller, s'envoler, une fois pour toutes, aller au-dessus de la ville, loin de cette vie de nénuphar, de bac à sable.

Le printemps, avec son silex affûté, découpait en lamelles des rondelles d'après-midi, les yeux faisaient des étincelles, on regagnait alors notre grange au bord de la mer. Un peu partout les meules de paille se dressaient comme des poings dans les champs, attendant qu'un cœur vienne les prendre. Partout la vie, la nuque raide, partout le temps, les lattes arrachées aux heures, les minutes qui pissent tout leur sang, sentent le purin. Le monde avait beau être vieux, ici, au bord de la mer, il reprenait un peu du poil de la bête, devenait un peu poulain, adieu les ciels gris qui collent aux fenêtres, bonjour les vents qui se déhanchent, les soleils qui s'entassent sur le pas des portes. Par ici, les balades, des rangées de pins, de hêtres, de bouleaux, des grains noirs de morelle, gros comme des raisins, l'herbe foulée, froissée, plus verte qu'une pomme, la grande évasion des heures.

Les corps étaient neufs et chauds, délivrés de leurs sangles, des corps sans harnais que l'on laissait s'ébrouer à travers champs. Capiteux, enivrés, ils entraient dans le giron des regards, ouvraient des brèches ici et là, raides, étonnés de se voir ainsi dans les yeux des autres, des hommes qui se gavaient de fourrage, de fougère, qui les avalaient, les ruminaient, les recrachaient, en bloc, comme des noisettes, comme des choses apprises. Le soleil encore cru, attrapé dans le gosier de la rétine, le soleil toujours qui lâchait ses fanfares et envoyait voler, haut dans les airs, les bâtons de majorettes, comme lors des quatre-juillet, ces filles toutes blondes, fraîches, pimpantes.

C'était la saison rousse, celle de la lumière qui se fait longue, qui dénoue le nœud des filles, allonge les jambes, raccourcit les jupes, celle du temps devenu, d'un coup, trop grand, trop blond, la vie qui s'avale, se boit cul sec, la vie qui brille comme de la cire, la vie qui fait crisser les matelas, qui s'étale au grand jour, qui jamais ne rebrousse chemin. On guette les gués, on contourne les ravins, on longe les plages, les embruns débouchonnent les narines, on laisse tous nos bêches, nos limes, nos pinceaux. On se met dessus des habits aux couleurs crues, au loin un clocher se déhanche, une esplanade détale, ici, plus près, la lumière ne crie pas, elle flûte, fine comme une cheville, ici la lumière fait trembler, tomber le ciel, en levant le petit doigt, elle dresse l'annulaire et toute la côte, en liesse, se jette à son cou.

Me voilà donc, en pavane, raidie, roulant des mécaniques, moulinant des épaules, me voici donc affranchie, effrontée, dévalant la pente douce des collines, virant à droite, partant à la renverse, sur le tourniquet, la balançoire, le toboggan, tournant, tombant, me relevant, le regard à vif, le cœur au diable. Me voilà laissant échapper de ma gorge des cris d'hirondelle, de ceux que poussent les enfants lancés dans leurs jeux, de ceux qui se ruent contre les poitrines chaudes des mères, qui roulent comme du gravier dans la trachée. Me voilà sur le fil du rasoir, tendant les muscles, serrant les cuisses, mes fesses chaloupent, tournicotent, font l'effet d'une bombe qui décime la troupe, elles partent à la hussarde, enfoncent les lignes ennemies, attroupent, affolent, dansent comme des baïonnettes.

Tout autour les yeux grimpent sur les haubans, puis retombent, plaqués au sol, pilonnés, les murs crépitent, les balles sifflent, les mains roucoulent, jacassent, moulinent. Tout autour les arbres se pressent contre les cuisses fraîches des bosquets. Regarde-moi bien, je suis cette femme qui déboule, s'emballe, cavale, rousse, frisée, épilée, jusqu'au bout des ongles, cette femme qui se laisse traverser de part en part, qui s'éparpille, tandis que, tout autour, l'air jappe, l'herbe se déleste. Tout autour les arbres, les plantes, les tiges s'accrochent aux collines, ils s'agrippent, ne veulent pas lâcher prise, surtout ne pas dévisser. Sur les troncs les noms sculptés à même le scalp, à ma gauche une escouade d'arbustes en embuscade, à ma droite les serres, les griffes de l'air qui s'embrase. D'un seul coup, de plein fouet, tous les feux d'un champ qui s'allument, le cliquetis des fourchettes dans les maisonnées, des couteaux, des faucilles, les couverts qui suspendent leur vol, partout les vagues avalées par la houle sourde, goulue, mon corps en pétard.

Je suis cette femme au pied des prés, chiffonnée, sucrée, blonde comme une moisson, brune comme un matin de juillet, une femme qui se souvient d'un coin de table, d'une journée au soleil, d'une place intime et ronde, sans âge, une journée en liberté, fraîche, verte, qui sent la pelouse tondue, qui se souvient des jours sans peur, qui traverse la bourgade à la cantonade, parce que, petite, elle a dansé au bal, parce que plus tard elle a dessiné au fusain, avec ses petites mains, véloces, qui ont appris la force des poignets, les nœuds touffus des gouaches sur la toile, l'écriture hérissée sur la page, le tracé court, le tracé long, oblique, sur le papier, sur le tissu, sur tout ce qui s'apprivoise, se besogne, se laisse respirer, tout ce qui se traverse comme un air cru, entre deux goulées.

Je suis cette fille qui se laisse vivre, enfin à l'unisson, ne serait-ce qu'une effraction de vie, cette fille enfin à l'épicentre de sa vie, sans poudre ni farine, rien que la peau à l'air libre, une femme à sa juste place, au centre, dans son monde, une femme bientôt au bout de ses jours, ni bavarde, ni brève. Tout ce temps, j'ai appris à me tenir en retrait, à te faire cadeau des jours, à me porter toujours à ton secours. Je sais que je quitterai cette vie qui passe pour entrer dans celle qui ne cesse de ressasser, d'ânonner, mais qui se rappelle encore des galopades, des voyelles dans le ciel, de tes yeux dans mes yeux. Tu m'as apprivoisée, bien dressée, la petite fille a rangé depuis belle lurette tous ses jouets, ses crayons de couleur, ne me reste que ce soleil qui s'égare au milieu des aiguilles de pin, des boules de houx.

Bientôt tu entreras dans le grand corridor des siècles, avec tes nom et prénom écrits en grandes lettres. Je ne serai que celle qui a partagé ta vie, si peu, si mal, celle qui n'a pas eu de prénom. Alors je danse, j'écarte les bras, et tourne, et tourne, envahie de deuil, secouée de sanglots, submergée par les larmes, à cause de ce jour mal-aimé, de cette heure rapiécée, de ce trop peu sauvé des eaux, ce miracle sitôt né, sitôt défunt. Vais un instant dehors, écouter l'été, les vagues battre la falaise, et, l'hiver, les rues se prendre les pieds dans les trottoirs, s'éteindre le long des boulevards.

Puis retour à la case départ, à l'étable, à la meule de foin, l'essorage, les plats à nettoyer, les comptes à tenir. Retour à ce corps maladroit qui se tient debout devant la toile quand, enfin, je rentre, les cuisses serrées, la bouche en berne, pressée de passer, de terminer, de m'en aller. Je suis de nouveau dans la maison, ici pas d'étages, tout est à même le sol, ici pas de briques, que des planches de bois. Le vent court comme un voleur à travers champs, on entend au loin les gosses des voisins, la plainte des vagues, le long brame de la mer. À peine le seuil franchi, le silence me tombe dessus, ce silence me saute à la gorge, me coupe la voix, efface le peu de joie que je ramenais avec moi. J'entends tes pas, lourds, massifs, à peine la pièce traversée et te voilà, mon grand dadais, avec ta sourde rancune, ton front trop large, tes mains trop molles.

La parenthèse est finie, les liens conjugaux se resserrent, préviens quand tu sors, plus jamais, tu entends. Alors on opine, on discute, on réplique, la garce, la sale égoïste, la maladive, la jalouse, te crache au visage, les mains fusent, abruptes, pleines de verglas, on mord la poussière, les astres traversent le salon, ricochent sur la table basse. On va rouler contre le pied du lit, on évite comme on peut la trajectoire oblique d'un coup de pied, on reprend son souffle, on repart la baïonnette au canon, on se hisse hors de la tranchée, poings, bras, épaules, on envoie toute la sauce, les empoignades, les ruades. On a un peu plus de la quarantaine et déjà on apprend à arrondir les angles, à tirer dans le tas, à pisser son sang.

Tu me regardes, tes yeux de coq hors de leurs orbites, les cheveux en pétard, la crête en débandade. On dirait un huron sorti des bois, hirsute, peinturluré, un vrai peau-rouge. Tu presses de toutes tes forces le pinceau dans ta main, le brandis à tort et à travers, comme un tomahawk. Syllabe à syllabe, les couleurs se font, se défont, tu te dresses devant la toile, comme un colosse qui serait un gamin un peu gauche, qui hésite, tangue sur ses échasses, farfouille avec ses grosses mains, fuit, fait le mur, les quatre cents coups, tel un éternel enfant, impossible à élever, qui regarde le ciel, le chaloupe, le pince du regard. Les mots alors s'accrochent à la toile, s'agitent comme des lapins, sortent de leurs terriers, gloussent, de vraies fontaines, la bouche pleine, l'eau qui salive, qui bave. Partout les couleurs se rétractent, se contractent, se contorsionnent, elles aussi sont des nids de vipères, des paradis qui mordent les joues de l'été.

Tout autour l'espace ouvre ses fenêtres vers la mer. La maison se met des balcons à la poitrine. Là-bas les nuages volent à ras du ciel, comme des oiseaux qui se perdent dans les courants d'air. On entend la mer, les ruades des vagues, avec leur bouche pleine d'écume. On entend leurs hauts talons qui crissent sur le gravier, la plage qui se tord comme le font les corps au moment du spasme. Peu à peu les choses rentrent dans l'ordre, l'orage est passé, tu es rentré dans ta tanière, et moi dans ma cuisine. On se retrouvera comme toujours, un peu plus tard, pour le déjeuner. La beauté du vent a cessé de me parler à l'oreille, je n'entends plus que l'eau du robinet qui s'écoule. Je découpe les aliments, penchée sur l'évier, levant de temps en temps le regard au loin, les yeux aussi rouges que le lapin que je prépare.

L'après-midi se passe alors en pente douce, tu bats en retraite, me laisses dans les lignes arrière, aussitôt le repas terminé, pas un mot, juste cette colère froide qui se fige, une bassine gelée, la pioche de ton silence. Puis retour à tes moutons, aux pinceaux, aux tableaux que tu as laissés le ventre à l'air dans la pièce d'à côté. Je lâche du lest, quelques heures de plus, histoire de me refroidir, de reprendre moi aussi ma pelle et creuser, de jeter de nouveau un regard au loin, pour constater l'existence du ciel. Je délaisse alors ma lecture, les comptes sont en ordre, je t'entends à côté bêcher la toile, semer de gros grains d'avoine, d'orge, des épis. Alors je me lève, je prends mon corps avec moi et le porte vers toi, car le vice commence chaque jour, car il faut bien pardonner, tendre l'autre joue, courber l'échine, remettre chaque chose à sa place, il nous reste encore pas mal d'années à tirer.

Alors je me dévisse, j'oublie les torsions, les contusions, laisse ma poitrine se dégonfler, tresse, mouline, culasse avec les mains, histoire qu'elles aussi se calment. Alors, encore un peu ahurie, je me lève, me hisse sur mes jambes, les câbles maintenant bien graissés, j'extirpe des trombes d'air des poumons. Je prends la ligne de mire, mets en joue, parée pour être de nouveau écorchée, j'allonge le museau, desserre les dents, me courbe comme une viole. Encore quelques mètres et je serai à distance de tir, encore quelques mètres, et je pourrai te voir suinter, gouaches, crochets, nœuds. Les couleurs seront là pleines de hanches et de cous, souriantes, avec leurs cordages bien hauts, elles, immenses, à marée basse, et au-dessus le grand reflux du ciel, le bouillonnement des étoiles.

Je me tiens maintenant, nouée, dans l'embrasure. Défense d'aller plus loin. Interdit d'entrer dans tes terres. Je regarde tes mains saisir le pinceau, touiller les couleurs, semer sur le sillon de la toile les pièges, le gibier, toute la chasse, tous les trophées au bout de tes doigts. Pour qu'un jour on les retrouve accrochés dans un musée, avec moi dedans, toujours de profil, parfois les seins à l'air, toujours lisse, à peine quelques rides. Je pourrai alors dire, tapie ainsi à l'entrée, j'étais là, avec toute mon existence, avec mes mains fouaillant le beurre des heures, plongeant dans le bol de ce temps sans eaux, me gavant de bouillons de soleil, j'étais là avec mes mains pleines de coquelicots, de peaux dures, d'hématomes gros comme des truffes, eux bien cachés, sous les maquillages, toujours le masque.

Dans la pièce la lumière furète, fouine, l'été lâche ses tresses, des fils d'or se décollent de la nuque, du front, des hanches, la toile elle aussi se fait blonde, elle aussi se fait belle comme un pubis. Elle, contrairement à moi, à ce corps, ne rencontrera jamais la terre, jamais ne descendra dans la fosse. Elle restera à jamais accrochée au mur, comme une réponse folle, une plaque, un lapsus, une réponse qui vaudra toutes les questions, qui fera que jamais l'on ne t'oubliera. Dehors, les oiseaux osent, le ciel attrape les nuages entre ses pattes, les arbres brandissent leurs branches comme des battes, prêtes à frapper, hissent leur tronc au-dessus du sol. La lumière s'approche, le museau collé à la fenêtre, elle aussi te regarde faire.

Voilà, une autre journée que l'on remballe, je gratte avec la patte la lumière, mais la porte reste fermée. Impossible de franchir ce silence. Dans le creux de mes mains l'air est presque rouge maintenant. Le soleil a jeté sa carcasse sur l'amas des vagues, déjà la nuit commence à charger ses fourgons noirs. Voilà une autre journée qui se vide, les fleurs retournent dans les parterres, les porches reviennent à la nuit, comme des chiens fidèles. Dans quelques heures on les entendra aboyer à la proue, le museau planté entre les colonnades, entre les barreaux, le bois, le fer. Je prendrai alors la cuillère à soupe, seule à table, seule avec le manche aiguisé du couteau, seule avec mes mains, mes doigts. Sur le toit la nuit passera son rasoir, le vent fera claquer le fouet, la nuit remplira sa brouette d'étoiles. Alors, exténuée, excisée, réchappée, j'irai me mettre au lit, m'y étendrai comme une écharpe, habillée de la tête aux pieds, parée pour te sauter à la gorge, les yeux luisants, plus belle qu'une murène.

IV

> « Un peintre c'est quelqu'un qui essuie la vitre entre le monde et nous avec de la lumière, avec un chiffon de lumière imbibé de silence. »
>
> CHRISTIAN BOBIN

Je vis maintenant dans notre maison encore plus seule que lorsque j'étais seule avec toi. Tu viens de me quitter pour de bon, un quinze mai, de l'année soixante-sept. Les saisons me restent en travers de la gorge, elles ripent, répètent toutes, toujours, la même rengaine. Quant à la mer, elle aussi ronge son frein, active toutes les poulies. Elle dort maintenant de travers et se réveille avec une salive saline en travers de la bouche, comme le font les petits vieux que l'on voit affalés dans ces dortoirs où ils se laissent mourir.

Le corridor me saute au visage, les escaliers se taisent plus que jamais, quant au toit, il attend que les heures tombent. Au milieu de la pièce, les chaises sont vissées autour de la table, trop de chaises. Dehors on entend encore des cris, mais les enfants des voisins ont grandi, les voisins sont devenus grands-parents, et leurs enfants moins jeunes, moins juteux, moins enfants. Les cris passent en rafales, dansent avec le vent. Dans la maison l'horloge bouge de temps à autre, se réveille en sursaut, soudain elle s'impatiente, que le temps semble long et lent. Le matin tambourine à la porte, le silence se bat avec les murs, ferraille avec la lumière, partout on entend les creux, les vides, les plis, partout on entend les dalles qui poussent, le métal qui tousse, enroulé aux canalisations.

Au loin, près de la colline, les arbres, dressés, au vent, les poings serrés vers le ciel qui les nargue, attendent leur tour. Le vent, fantasque, hirsute, s'acharne sur les haies, les roue de coups, leur enfonce, impitoyable, ses ongles jusqu'aux racines. Et au milieu de tout ce fracas, le soleil à la hussarde qui dégaine son sabre, les collines résignées qui s'écartent pour laisser passer la charge. En contrebas, les vagues se débarrassent de leurs bandelettes d'écume, replient leurs suaires, tombent les unes après les autres à la renverse sur le rivage. Sur le promontoire on peut voir, comme dans tes tableaux, les derniers rayons qui piaffent et allument leurs premières torches blondes sur les falaises.

Le soir maintenant se visse au ciel, y installe son bivouac. Sur la plage les couples se sont dispersés, à coups de talon, plus haut les oiseaux cicatrisent dans le ciel. Bientôt la nuit viendra me laper le visage, elle défeuillera une à une mes rides, me dorlotera, un peu, beaucoup, sans passion. Alors on n'entendra plus que le crissement de mes os, le sommier glapir sous mon poids, mes tibias, mes fémurs, toujours plus friables, toujours plus rabotés. Et là, dans ce tabernacle, dans cette mouillure, dans cette froidure, je chercherai en vain le sommeil. Les étoiles, dehors, auront beau sortir le grand jeu, babiller de tous leurs clous, je resterai le corps raide, indifférente, trop vieille, trop striée, pas assez, butant contre les souvenirs, cherchant dans ma mémoire un coin de feu, un indice, un beau jour ou deux, rien que du très peu, pour tenir un peu chaud.

Au plafond, les planches de bois ne se doutent de rien. Je fixe les interstices, cherche un point d'appui, la nuit se tait, je l'écoute, écarquillée, les yeux grands ouverts. Ses palabres s'ennuient dans cette baraque, elles veulent elles aussi trouver l'issue. Je me souviens de notre première rencontre, de ton corps qui ne savait pas où se mettre, encombrant, ton corps plein de rumeurs, qui sentait bon la pomme, tes mains cousues de doigts, sous tes ongles des traces de bleu, de rouge, de jaune. Ton corps bougon s'est approché du mien, tu m'as alors prise dans toute mon étendue, c'est ainsi que tu t'es interposé entre moi et le monde, que tu m'as emportée avec toi, comme un épi de blé, m'as mise en travers, à rebours, m'as rosi les joues, foncé la bouche, maquillé les lèvres. Puis, les années passant, tu m'as épinglée en silence sur la toile, me laissant au milieu de la tourbe, sans voix, pleine d'algèbre et de chiffres, avec ces jours toujours tristes, les rideaux que l'on tire, les voilages qui s'effacent.

Tes yeux étaient déjà pleins de pierres, durs, figés comme de la glace. Des yeux qui parfois ricanaient, remontant d'un coup d'aileron de la profondeur de la nuit. Et pourtant l'incendie couvait. Ton regard jouait avec le soleil, ton visage lui aussi s'illuminait un bref instant, dégoupillant les grenades à pleines lèvres. Tes yeux alors me balayaient du regard comme le font les grands phares qui visent le large. Parfois, avec la paume de ta bouche, tu effleurais mon prénom, le chuchotais tout bas, comme si tu voulais y laisser une trace, jouer au Petit Poucet, pour revenir vers ce lieu perdu, au fond des bois, là-bas lorsque les années ne comptaient pas, dans ce monde d'abeilles ivres, de champs hirsutes. Au début, je t'ai laissé faire, ne prêtant pas attention à tes attentions, ou à tes oublis, tu approchais tes mains, tes doigts, tes ongles, et moi je continuais à marcher à tes côtés, à peindre comme si de rien n'était, comme si tout serait toujours là, ma peinture, frappée en vain par le soleil.

Un matin, tu te réveilles. Les années ont passé. Ton ventre n'est plus là, collé au mien. Tu me tournes le dos, la nuit est un couloir sans fin, une voie ferrée sans quai ni gare. Nos corps, cela fait des siècles qu'ils se sont éteints, éloignés l'un de l'autre, comme des astres morts l'un pour l'autre, deux galaxies qui partagent le même lit mais ne se touchent pas. La nuit comme un trou noir.

La nuit nue, malingre, qui n'attend plus rien, qui n'a plus faim. Et ce bruit rauque, les syllabes qui ronflent, les heures qui passent de branche en branche. Je revois tes yeux de merle, ce premier regard que j'ai surpris sur moi, mon corps soudain bu d'une seule gorgée. Ta main s'est posée sur mon genou, puis s'est mise à voler dans tous les sens sur la toile, très loin, bien plus loin que ma peau, bien plus loin que mes seins, obstinés eux à ne pas oublier, à ne pas vieillir avec les années, à ne pas s'affaler. Toujours plus libre, toujours plus précise, ta main qui cherche son nid, le noyau du monde, ta main d'araignée qui tisse sa toile, fait sa soie, et me prend dedans.

Nous avions fait l'amour pourtant. Je me souviens encore de cette journée, un après-midi, puis de cette pénombre qui s'est mise à courir elle aussi nue, se faisant plus sombre, d'heure en heure, de vague en vague. Étendu, à mes côtés, j'ai retrouvé ton corps, au petit matin, comme un galet sur la plage, comme une hostie que l'on n'ose avaler, une breloque soudain transformée en brassière. Les corps se souviennent, ils gardent en mémoire leur jeunesse, parfois celle-ci n'en finit pas de finir, elle roule, submerge, gagne l'éternité. Car il suffit, je le sais, d'un seul amour pour que la vie ne meure plus jamais.

Les bruits de la ville sont venus frapper à la fenêtre, alors nous nous sommes réveillés, nous savions déjà que l'amour aussi se terminerait un jour, comme cette nuit réveillée au petit matin, peut-être dans une décennie, peut-être dans mille ans. Nous nous sommes levés, lavés, brossés, habillés, les mots se sont perdus dans le tourbillon de la ville, emportés, effacés, dans le brouillon d'une nouvelle journée déjà unique, pas un cul-de-sac comme tant d'autres. Car nous étions enfin ensemble, nous étions enfin arrivés au bout de nous-mêmes. Alors on est sortis tous les deux dans la rue, la ville était plus cuivrée que jamais, l'air plus vif. Les toits brillaient comme des dômes, et nous, nous marchions, avec le printemps noué, enroulé autour de nos cous. On entendait craquer nos pas, le bruissement de ma jupe, la brisure de ta veste, enfin libres, le monde entier était une volière dont on aurait ouvert la cage.

Nous avons traversé les années, comme des arbres qui s'enfoncent dans les bois, incapables de se retrouver, de revenir à ces yeux immenses que nous avons eus à nos débuts l'un pour l'autre. Je me suis mise à compter les sous, à tenir les rênes, à éplucher les comptes, les entrées et les sorties, les retards et les avances, les fins de mois, les ventes des toiles, répertoriant les grandes, les petites, celles avec des maisons comme des fruits froids, des rues vidées, des flûtes muettes, et partout la même lumière que tu plisses, le même plâtre colmatant les fissures, les mêmes crépis pour tapisser les cloisons. Les heures sont douces et les rayons tamisés, il ne s'agirait pas que la vie gicle, qu'elle gâche, avec son fracas, ce cadre repu, morne, cette vie flasque qui a été la nôtre.

Parfois, tu plaçais une femme dans la toile, ses genoux retroussés contre le ventre, le regard perdu au large, butant contre les murs, les fenêtres, contre tous les angles, une femme prise dans une chambre close, de plafond bas. Elle semblait attrapée dans une autre toile, celle d'une araignée affairée à garnir son garde-manger, à la tenir au chaud, dans son alvéole. Dans une autre, des animaux somnambules se tiennent comme des chiens, les pattes posées sur le comptoir, ils lapent les verres, sirotent leurs remords, le regard perdu dans le vague de l'air, lui aussi hagard, ne sachant où donner de la tête. Un homme et une femme attendent que revienne le maître, qu'il les siffle. Dans leurs yeux l'éclair noir du froid, le ciel qu'ils boivent, qui les entoure, tandis que la nuit vole, que les heures s'éparpillent.

Tout autour le silence grandit, jacasse, supplie, donne-moi un été, un dernier baiser, donne-moi un mois de mai. Les pigeons roucoulent, ils ont du bleu plein les yeux. Tout autour la vie qui devient cantine, qui rame dans les airs, qui fuse, fonce, fait face au monde. Comme tous les autres couples on s'accouple, on cherche les courants ascendants, on s'élève, on fouette la lumière. Parfois on en croise d'autres, qui eux aussi se laissent terrasser, paient de leur personne, veulent y croire, mais arrivent trop vite en bout de piste. Une fois encore on joue la partition, on sort le grand jeu, moi le violon, toi la contrebasse. Nos gabarits toujours aussi dissonants me font rigoler, être aussi mal assortis en tout, et pourtant la plaisanterie n'a rien eu de drôle, car au bout du compte, on a tenu bon, comme on dit, chaque jour, un mois de plus, une année encore, et au bout des jours et des années cela fait une vie entière, c'est long, c'est lent.

On cherche en vain à monter une dernière fois au ciel comme une prière, comme une croix. Mais la vie trombe, puis tombe, pique du nez, perce le vide, nous crève les yeux, nous détrousse chaque seconde, c'est monnaie courante. Elle nous passe au-dessus du crâne, vole, en rase-mottes, au-dessus des crêtes. On fait, tant bien que mal, face au vent, on lui tient tête, on se laisse pousser la soutane, on change la garde-robe, mais elle s'acharne, elle cherche à nous prendre fort entre ses serres, un jour, une heure, une nuit, tous s'envolent à tire-d'aile, à balles réelles. L'existence comme si tous les jours étaient des noces perdues, des veuves joyeuses. Alors on a fait ce que l'on a su faire de mieux : se taire. On a commencé à entasser des briques de silence dans toutes les pièces, on a fumé profond, à l'arrache, histoire de se tenir un peu chaud, de faire crépiter le poêle.

Certains fabriquent des enfants pour se tenir compagnie, pour meubler, pour combler. Nous on n'a même pas essayé, trop lents au démarrage, trop vieux lorsqu'on s'est trouvés, donc pas d'écharpes à nouer ni de bambins à rafistoler, rien que toi et moi, entêtés à se tenir tête. Chez les autres sont arrivés aussi tous ces appareils, les téléphones, les télévisions, les réfrigérateurs, autant d'appendices qui ont poussé un peu partout, avec leurs bruits d'éperons et de ferrailles. Dans notre appartement certains sont entrés, pour donner le change, éviter la gêne, pour que le néant cesse de tourner en boucle. Mais dans notre cas pas besoin de forcer le trait car la peinture a occupé très vite toutes les caresses, toutes les pièces, même notre lit.

Comme tous les Américains on a découvert les travellings avant, les parkings, les supers, les hypers, les sourires forcés des caissières. Comme eux on a circulé entre les rayonnages, avec nos paniers, nos chariots, les listes à faire, on a mené, nous aussi, toutes ces batailles, et perdu, nous aussi, toutes ces guerres. Avec nos corps bien vivants, ardents, droits, parés pour la lutte, on a fait comme les autres, en plus artistes peut-être, en moins assagis en tout cas, mais toi toujours tapi sous les mots, enseveli dans tes pensées, buté comme une pierre. Moi aussi, petit à petit, les phrases m'ont éreintée, peu à peu j'ai arrêté de chercher à comprendre, à expliquer, à absoudre, à remonter aux premiers jours, à revenir à la charge. Les mots sont restés engorgés, au fond du corps, coincés dans la trachée, j'ai cessé de vouloir mettre des explications, des raisons, à toutes les sauces, renoncé moi aussi à tenir la barre, à dériver.

Que dire de cette autre vie, la mienne, qui n'en finit pas de finir, cette vie sans toi, ce trou qui se creuse en moi, chaque jour un peu plus rond, ce puits qui tombe en moi, lourd comme du plomb. Je ferme les yeux pour te revoir, pour retrouver ce ciel d'avril, revivre tes mains posées sur les miennes. Tes mains qui me défont grain par grain, tes mains semées sur mes flancs, éparpillées entre mes cuivres, elles s'y nouent, refluent, puis reviennent. Tes mains enfin qui se nichent dans mon nid, sur ma poitrine, dans mon creux, tes mains en pentes douces qui s'ouvrent et se referment comme des hérissons de mer, qui se gavent, se lèvent, hissées, ébahies, de fiers drapeaux flottant sur les mâts. Dans tes toiles on ne verra rien de tout cela, tu l'as mis au fond du tiroir, entre les chaussettes et les mouchoirs, incapable de me prouver, même avec tout ton art, qu'un jour tu m'as vraiment aimée, seuls les baudruches gloussantes et les vivats, les petites tapes dans le dos t'intéressaient.

On appareillait au large, on croisait des marsouins, des chapelets d'îles frêles, chaque semaine, en toute saison, ton corps s'enfonçait dans le mien, cherchant sa cache, pour revenir à la terre, et y enfouir les caresses, les souvenirs, les baisers. Toutes ces années j'ai tenu un journal, pour y répertorier ces miettes de pain que tu me jetais avec de plus en plus de dédain. Car la suite n'a pas été une valse, à peine une danse, pas même un pas de deux. La suite a été cette fuite hors de nous, de ce que nous avions été l'un pour l'autre, l'un avec l'autre. Alors, inexorable, j'ai continué à écrire ce qui tombait de tes mains, les pinceaux, les coups, les souvenirs. Je n'ai plus jamais revu ce regard de blé, tes yeux d'été. Dans les tableaux la tristesse s'est répandue comme une traînée de poudre. La tristesse est une coque jaune, une pelure, un rhume, on l'attrape en coup de vent et puis elle s'installe, adieu les roucoulades, au revoir les chamades, les coups au cœur, soudain on se laisse aller, l'hiver nous gagne de partout, dès le printemps, la vie devient avare, compte chaque sou.

Dans tes toiles, il y avait toujours cette lumière blonde, un tremblement blanc tel un battement d'ailes. C'était une lumière terne, à peine assaisonnée, sans jus, ni piment, fade, une lumière de clinique, de premier royaume, d'avant que la joie ne vienne au monde, avant qu'elle n'entre dans le sauvage, dans l'éméché de la vie. Elle balbutie, en amont du monde, c'est une fente minuscule qui ouvre les yeux, qui lève son visage de nouveau-née et regarde, écoute l'air qui se froisse, surprend ce visage qui se penche. Parfois la lumière se réveille. Une lumière qui enjoint, qui gronde, qui attend qu'on la prenne par la main. Les jours, les mois, les années passent, seule cette pâleur chevrotante reste, marmonne, ahane, immuable, figée comme un hiéroglyphe qui ne sait pas où aller.

Le monde change mais la blancheur laiteuse de tes toiles continue aujourd'hui encore sa lente fermentation au milieu de l'air qui la ficelle. C'est une torpeur qui soupire, qui toussote, une lumière non pas peinte, mais dite, ou plutôt susurrée, chuchotée, qui écrit de gauche à droite, sans rature ni ponctuation, et raconte notre histoire, nos jours verrouillés entre quatre murs, en brefs à-coups, nos corps qui ne savent plus se rencontrer, disparaître dans l'étreinte, qui gondolent avec le ressac, nos jours bosselés, avalés par les silences, nos vies qui s'incurvent, fléchissent, nos vies qui attendent leur brisure. On devient des gueux, des errants, on perd le toucher, la saveur, peu à peu les livres, les toiles, tous les objets se figent, eux aussi fades, sans levure. Les rais de lumière cessent de ramper sous les portes, de passer au travers des volets, tout se fond dans le noir, se décaféine, et toi et moi, nous restons là, face à face, comme deux lucarnes que plus rien n'aveugle, comme des rois sans peuples.

À force de ne plus les regarder, les étoiles se sont, elles aussi, mises à tomber, la nuit ne secoue plus sa crinière. Même dans notre maison de bord de mer le soleil a terni, un soleil en haillons, maussade. Parfois une de nos voix s'arrachait au silence, tranchait dans le vif de l'air, mais c'était pour commenter une nouvelle, lire une critique, mettre des mots à ce qui nous faisait tenir ensemble : la peinture. Tenir, démêler les heures, arrêter de brailler, finir de manger, faire face aux aléas, aux imprévus, vendre un tableau, acheter des bricoles, repartir sur les routes, entre deux arrêts, extraire les tumeurs, réparer les organes, inciser, colmater, laisser nos mains tranquilles, penser à se trancher les poignets, puis chasser l'idée, passer à autre chose, arracher les touffes du jardin, arroser les roses. Nos vies ont ainsi coulé à pic, la mienne de plus en plus décousue, à la fin je ne tenais plus qu'à un fil, une pelote de laine épuisée, de plus en plus tassée.

Mes tableaux sont restés à la cave, muets, figés, sans valeur, comme de la mauvaise herbe que l'on ne prend même plus la peine d'arracher. Enfermés à double tour, des bibelots dont personne ne veut, ils sont ce bruit de fond auquel on ne prête plus attention. Mes tableaux n'existent plus. Et nous, qu'avons-nous fait de nous ? D'année en année, tirant sur l'élastique, sans jamais rompre, mais déjà si loin de ceux que nous avions été aux premières amours. De temps en temps, quelques mots de toi me faisaient tenir, des bouées au milieu des eaux, quelques phrases qui brillaient comme des feuilles mouillées par la pluie, au détour d'une conversation sans cœur ni fête. Puis la rengaine reprenait, les rideaux coulaient de plus belle, on entendait le cliquetis des serrures, les bruits des armoires qui craquaient, nos gestes de nouveau noyés, nos mains sans repères, exaspérées, le silence qui nous empoignait, nous enfonçait.

C'est long, ça dure, une vie qui ne fait que vieillir. Le mort n'est peut-être pas autre chose que ce lézard qui se faufile entre les fissures des murs. Un animal, empli de bonds, poursuivi sans relâche par le soleil, qui cherche sans cesse le pli le plus frais possible. J'ai mis tes affaires dans les cartons, rangé tout ce qui me restait de toi, tout classé dans des petites boîtes, avec mes petits cahiers, tes pinceaux, peut-être eux tous réussiront-ils à s'aimer, là, à l'étroit, dans ce noir qui ne sera pas celui de la nuit. Les critiques, les commissaires, les romanciers ne pourront rien y changer, même l'éternité est précaire, l'oubli viendra te visiter, il transformera tes toiles en vieux chiffons, les fera craquer, craqueler, l'oubli emplira lui aussi tes étés d'automnes, c'est ainsi.

Les couleurs pâliront, se délaveront, les teintes blanchiront. Restera peut-être, qui sait, cette lumière têtue qui traverse la pièce, la colline, la ville, cette lumière de bruit piégé dans un bocal, en sourdine. Les atomes dansant dans l'air brun, jaunes, verts, bleus, toutes les couleurs auront brûlé, elles se seront esquintées contre la rocaille, elles auront perdu leur allure. Déjà leurs pas sont lourds, elles ne savent que faire ni que dire, ce sont des teintes habitées d'ombres. Elles se taisent, se terrent, sans chair, toutes un peu laiteuses, les jaunes paressent, les verts pataugent, les rouges ressemblent à des gorges tranchées. Avec les années, tu as peaufiné la palette, tu as cherché à aller au plus vif, puis dans les creux. Tu voulais saisir des bribes de vies, les femmes refluaient, tantôt blondes, tantôt rousses, toujours claires, toujours plus longues, les seins haut perchés, comme des fruits neufs prêts à être saisis.

Plus tard, les couleurs s'apaisent, comme une montagne qui atteint, éreintée, la vallée, une montagne qui perd en chemin les crêtes, les précipices, les pics et arrive, exténuée, aux confins de ce monde qui s'étire, tortille au milieu des vallons, entre deux fentes de prairies. Le jour alors allonge son museau, déroule son tapis vert, les joues touffues, ébouriffées par un peu d'herbe, le jour léché par une coulée de chaleur, comme lorsqu'un homme se faufile au milieu d'une femme, comme lorsque la nuit met bas. Les heures dégringolent en giboulées, on les ramasse à la pelle, mais déjà toi et moi, tous les deux fripés, tondus, à bout de forces, allongeant la dernière tournée, saccageant les dernières années.

Je me regarde dans la glace, avec mes deux yeux de poule. Je suis cette femme que l'on a dressée, qui est restée bien sage, n'est pas sortie du rang, couchée dans sa niche. Maintenant il est trop tard, la chair s'affaisse, les pommettes se creusent, le corps est complètement défait, rien que du très banal. Dans le creux des reins il ne me reste plus rien, *nada*, pas même le désir d'en finir. Des morceaux d'éponges, des copeaux de bois, ici et là, des charpies de vieilles peaux, la chair molle, entre le pouce et l'index. Dans les yeux il y a encore des flots, des marées, des poussées qui cherchent à naître, qui veulent se jeter dans le vide. Il y a encore le regard qui cherche à harponner, qui brille, qui perce. La vie est là, toujours, elle avance de port en port, de jour en jour, guide les muscles des doigts, agrippe, serre de toutes ses forces, un bout de tube, une pointe de silex, une plume d'oie, une navette d'os, une aiguille de fer, tout ce qui lui tombe sous la main.

Dans tes tableaux les villes sont mortes. Seulement des murs, des fenêtres, pas de ciels à ventres chauds, le silence bouillonne, la lumière enfle comme une voile, vacille comme un cierge. La lumière voudrait prendre le large mais reste, comme moi, attrapée, rattrapée, happée entre ses quatre murs, elle étouffe sans cris ni drapeaux. L'étang plat du temps se fige, la vase se durcit, serre les poings, pèse de tout son poids sur la poitrine, le temps montre ses crocs, prêt à ne rien laisser, pas de quartier, pas même la peau sur les os. Sous les robes des femmes que tu as peintes, les cuisses sont nues, elles aussi attendent, que la marée les prenne, que le temps les monte, que le sécateur sorte enfin de son étui et tranche, d'un coup sec, la tête, le buste et tous les membres qui dépassent.

Je me souviens de cette chambre, de cet après-midi qui s'enroule, se love, et rampe, d'un coin à l'autre de la pièce, des heures limaces, des meubles badigeonnés de lumière. Dans la pièce on les entend crisser, ils n'osent pas hisser la voix, la roue du temps tourne sur son axe, les persiennes sont jaunes, comme des coquilles d'œuf qui ne donneront aucune vie. Sur le chemin de l'après-midi personne ne vient, personne ne part, juste cette femme, assise, qui attend que quelqu'un pose ses valises au pied du lit, qu'on lui dise bonsoir, lui dise tu m'as manqué, pour de vrai, pour toujours. Un rai de lumière s'étrangle au plafond, un autre crapahute à même le sol. Dehors le vent lisse les ourlets du ciel. Ici pas de navire, de gabarre, de tialque qui traverse la rade, aucun voyage, ni grand large, juste la vue étroite qui se cramponne au silence, les secondes épaisses qui passent, qui élaguent. On charge alors les fagots, on rafistole ce que l'on peut, on perfuse, on parabole, rien à faire, la vie n'avance pas.

Une de mes toiles préférées est aussi une des plus esseulées : *Soleil dans une chambre vide*. Une huile sur toile, un de tes derniers tableaux. On comprend que rien n'est à sa place, que personne n'habitera jamais dans cette pièce. Presque dix ans auparavant tu avais peint *Soleil du matin*, où une femme, assise sur un lit, chignon noué, regarde par la fenêtre. Ses yeux sont perdus dans le vide, dépourvus de pupilles, les tons pastel filent en pentes douces, peut-être est-ce une matinée de printemps. La chambre est celle d'un motel miteux, pas de tringle, ni de commode, rien que le strict nécessaire, et à peine. Par la fenêtre on aperçoit une rangée d'immeubles de brique rouge, des baraques basses, en enfilade, et sur le rebord, coincé dans un coin du cadre, le ciel qui pouponne, se courbe, les reins engourdis. Il pique du nez, à la recherche d'indices, de signes, une piste à suivre, une peau qui enfin parlerait, une voix qui enfin aimerait. La femme a passé l'âge des corps qui se donnent, des bords de mer, elle est usée, hors du monde, en tout cas de son monde à elle.

Dans la *Chambre vide*, il ne reste plus rien. La femme a disparu, gommée, effacée. Le soleil est encore plus glacé, la pièce encore plus austère, les jaunes encore plus verdâtres. Peut-être que les habitants ont dû déguerpir à toute vitesse, on distingue encore le rideau qui s'envole dans l'embrasure, l'air est bourru, la chaleur intenable, elle tourne en rond dans la pièce comme dans un bocal, comme une monnaie entre les doigts d'une main. C'est une chaleur lourde qui se multiplie, qui se dépense, suinte, pèse de tout son poids, une chaleur qui vidange son huile dans cette pièce maintenant brûlante comme une carlingue. Du coin de l'œil, le soleil, pansu, voyeur, jauge tout ce vide qui s'épand dans la pièce, rampe à même le sol, tout ce vide qui badigeonne les murs.

Les déménageurs viennent de partir, ils ont emballé, chargé, emporté tous les meubles, les lits, les tapis, les lampes, et avec eux nos existences. Il ne reste rien, aucun document, aucun signe de vie. La nappe sur la table n'est plus, pas plus que la table d'ailleurs, le tomber de rideau, les franges des fauteuils, tout a été mis dans les cartons, disparus. Dehors un arbre vert moutonne sous mes yeux, les murs, couleur crème, à peine fouettés de vanille, seul le soleil de l'après-midi qui habite encore la maison s'attarde dans la pièce évidée. On devine dans les ourlets des tapis, les traces sur les murs, les derniers instants d'une vie qui est passée par là. Le temps s'endort, le jour se remplit comme une bouilloire.

On attend en vain que l'eau chante, mais rien ne vient, seul le silence s'avance, comme le ferait un nouveau-né vers le sein, ou un parchemin que l'on froisse. L'heure alors se courbe, se glisse entre les boyaux de la mansarde, dans les conduits, les tuyaux, les glissières, ressort par les canalisations de zinc, sans fin, sans cesse, la maison entière s'apaise, se fait chapelle, immobile, suspendue, interminable. Dehors le cliquetis des arbres, quelqu'un là-haut joue, pioche encore une carte, nous mène par le bout du nez, mais qui est-ce, va savoir.

V

« Et après avoir fait tout ce qu'ils font, ils se lèvent, se baignent, se talquent, se parfument, se coiffent, s'habillent, et ainsi, progressivement, redeviennent ce qu'ils ne sont pas. »

JULIO CORTÁZAR

J'aimerais aller au plus près de cet enfant que tu as été, qui ne savait pas comment demander une orange, encore moins un baiser. Un enfant qui ne savait qu'étendre les mains et accueillir ainsi la lumière du jour, qui jouait déjà avec la harpe, qui commence à comprendre qu'un jour le cerisier ne fleurira plus que pour lui-même, qu'un jour il n'y aura plus personne pour le regarder étaler ses fleurs, car lui non plus ne sera plus là. Dans la hâte, on quitte les jeux, les bals, on se raconte des histoires, on va à l'autre bout du monde, on essaye d'arriver à être quelqu'un d'autre, on essaye de devenir plus grand, plus large, mais le gamin reste là, quelque part, assis sur le perron, il est ce malingre qui insiste, ne nous quitte pas des yeux.

Tu étais sans doute déjà cet enfant qui cherche à creuser l'air, à râper la lumière au plus près du cou, et passer, là, à vif, la lame, le couteau, le canif, sur cette peau qui crisse, tremper le pinceau dans cette coulée douce, sentir la pression de la feuille de la lame sur l'os. Tu étais cet enfant qui court derrière la matinée, qui chaparde, sautille, s'envole, un enfant déjà qui cherchait à tremper les mains dans tous les bleus, les ciels, les ruisseaux, les yeux. En grandissant, tu arranges ton col de chemise, tu te laisses pousser des vestes, des pantalons, des cravates, des chaussures à talons plats. Le soir tu reviens à tes pantoufles, tu commences à aimer les tisanes, prends ton temps sur le sofa, le lit n'est pas loin, la fatigue t'écrase, les années aussi, elles deviennent tenaces, mais tes mains continuent d'être vivantes, tes yeux refusent, tout ton corps s'agite comme une truite.

Comme les autres tu commences à tâter du réel, à t'agiter, à enfiler les aubes par la tête. Tu comptes les marches, grimpes sur les escabeaux, lèves les yeux au ciel. Les nuages réverbèrent, brillent comme des vitraux, dehors les jours éventrent les nuits, les saignent à blanc. Tu comprends alors que les souvenirs ne sont que des fleurs qui poussent dans le temps et qu'eux aussi se fanent. Tu plies tes chemises, ranges les armoires, multiplies les routines pour ne pas perdre pied, notes dans des feuillets des anecdotes, des choses vues, pour ne pas oublier. Tu t'assieds sur le porche, observes le frisé des feuilles sur les arbres, une petite brise coule entre les bras, lève la jupe des talus, fouaille leur ventre avec insistance. Tu te dis que les choses sont à leur place et pourtant tu sais que la tienne est décalée, ta vie toujours remise à plus tard, les projets en ligne de mire, les regrets déjà qui s'entassent, tout ce foin qui sèche, et ne brûle pas.

Le temps n'arrange rien, il ne remet jamais les choses à sa place, foutaises, tu le sais. Il laisse, au contraire, tout en désordre, ce que tu as fait, n'as pu faire, aurais aimé faire, tout en vrac, il le laisse dans le tohu-bohu des années. Tu arrives à l'adolescence, à tous les chemins possibles, à cet instant du monde où il n'y a ni ruine ni nostalgie, seule la folie des jours qui viennent, seuls les bombardiers qui glissent, furtifs, dans la nuit, et font voler en éclats les certitudes. Puis le doute avance, les ramures augmentent, les forêts s'allongent, se déplient, se multiplient, les heures sont jetées comme des dés noirs qui claquent, ricochent sur les dalles, donnent toujours impair. Le temps, qui jusque-là était passé sur la pointe des pieds, fait maintenant retentir un écho qui remonte le long de la nef, percute les parois, retombe en rouleaux.

Il parle une langue plus âpre, de moins en moins jeune, scie toutes les branches sur lesquelles tu t'assieds. C'est un obstiné, il tient la barre, terre, vent, mer, ne dévie pas de son cap, quelques encablures de plus et puis le voyage est fini, tu accostes, on te débarque, corps et âme. Certains essayent, osent encore, parfois des femmes se prennent à rêver, une dernière escapade, des amours à la sauvette, mais pour les hommes qu'elles croisent seules les choses des bêtes les intéressent, des corps qu'ils cognent contre elles, sur elles, en elles, le temps court d'un râle. Alors elles fermentent de nouveau en rond, reviennent de leurs longs cours, se prennent les pieds et les poings dans les filets, cessent d'espérer, abandonnent, démâtent.

Tu ne sais pas encore que le mieux qui pourra t'arriver dans cette vie est de retrouver, au détour d'un visage qui te surprendra, un visage qui te fera vivre avec toi-même, et partir de cet entracte avec une seule certitude : avoir vécu la vie que tu voulais vivre. Mais c'est difficile, les hommes gardent en eux plusieurs personnes à la fois, ils changent de personnage, retournent leur veste à profusion, se greffent des destinées qu'ils empruntent à d'autres, usurpent leur propre solitude. La majorité sautent de case en case, endossent un habit puis un autre, sans jamais vraiment savoir qui ils sont, sans jamais trouver le passage, croiser un regard vrai, un cœur plein qui sache. Toi et moi on a brodé ainsi toute notre vie, je posais, tu peignais, à chacun son rôle, et les soirs étaient de plus en plus tièdes, les nuits de plus en plus épaisses. On ferraillait d'un dimanche à l'autre, on parlait à peine car tout avait été dit depuis longtemps, on ne quémandait plus, à quoi bon insister à saucer le fond de l'assiette.

À vingt ans, à Paris, tu découvres les quais d'une autre ville, d'un autre continent. Ce voyage tu en as rêvé, par la suite tu sortiras à peine de notre pays. Alors tu te trémousses, secoues ton grand squelette, arpentes tous les mètres carrés possibles. Ici les rues sont plus fines, les filles plus souples, plus chatoyantes, plus galopantes. Tu aimes mais à petites doses, car tu restes le puritain, l'ascète recroquevillé sur ses pensées. Les cafés tintillent, les ponts se jettent dans les bras les uns des autres, ils enjambent guillerets le fleuve, sautent par-dessus les rambardes. Toute la ville claironne, mais quelque chose t'échappe déjà, glisse, le ciel s'allonge, tu cherches un peu d'ardeur, à sortir de ta carapace, à table tu acquiesces, tu chaloupes, mais n'arrives pas à hausser le ton, à donner de la voix, tes yeux piaillent mais ne pétillent pas, parlent mais ne volent pas.

Tu partages à peine ton territoire avec une ou deux amourettes, des passades, rien de sérieux. Les autres saltimbanques, ces artistes nouveaux te semblent trop fougueux, trop prise de tête, pas assez posés. Tu prends tes habitudes, te frottes les mains, entrecroises tes doigts, savoures des cafés, très noirs, coup sur coup, toujours aux mêmes endroits. La musique des femmes te laisse assez indifférent, seule importe, déjà, celle lancinante de la peinture. À vrai dire ta seule rencontre ce sera elle, moi d'ailleurs tu ne m'auras pas vraiment trouvée, seule la peinture, toujours à portée de main, seule elle, ton royaume clos, hors du monde, ton cloître à double tour. Dans les cafés on glose, les passants passent, les serveurs servent, partout les midinettes se donnent en pâture, affolent les hommes qui hissent, à l'unisson, leurs périscopes.

Toi tu restes de marbre, tu griffonnes, esquisses, traces. Avec tes yeux de notaire tu notes tout, le geste long, lent, sûr. Tu affines, tu peaufines, gommes les ratures, noircis les angles, rien ne t'échappe, ni les coutures ni les plis. La ville entière, avec sa robe légère, virevolte, laisse échapper ses cuisses, et toi, tu la croques du regard, la prends de force. Tu découvres le plein air, la lumière lente, avec ses reflets, avec ses genoux qui brillent, les feuilles des arbres qui se trémoussent. Tu atterris dans une petite chambre, enclavée au coin d'un immeuble, dans une mission évangélique. Tu te mets à peindre des coins minuscules, des fenêtres, des rues, des cours, des escaliers. Puis tu installes le chevalet sur les bords du fleuve, sur les quais, près des ponts, partout où il fait grand air. Les gris des eaux, les gris des ciels, ronds comme des perles, acérés, édentés, cariés, car les années ne passent jamais en vain. Tu frottes la toile, racles la croûte des couleurs, tu regardes les hommes sortir de leurs terriers, glisser au-dehors sur le pas des immeubles, faire des gestes, arrondir les angles.

Je t'imagine à tes vingt ans, dans cette Ville lumière, courant le long des quais, les journées qui traînent des pieds, qui elles aussi sont jeunes, se donnent aux bleus. Dans les jardins les plantes ont cette beauté insensée des premiers jours. Les talus frisottent dans l'air, les parcs jacassent, la ville entière est une fête. Tu oublies un peu ton corps, couturé de toutes parts, charpenté à l'ancienne. Il tressaute sur les pavés, pèse à chaque foulée, se complique, s'essouffle, mais tu es heureux, de ce bonheur tiède, chaloupé qui a été ta marque de fabrique. Ton corps trop grand est un vivant contraste avec ta voix, légère, un peu flûtée, un peu nasale, presque une voix d'oisillon.

Partout dans la ville, des immeubles, des cloisons, des fenêtres, des plafonds, des planchers, des vies cossues, empilées à tous les étages, des vies qui macèrent dans la nasse, qui grouillent, fourmillent, gondolent, des hommes et des femmes qui traversent en trombe les rues, qui se couchent chaque soir dans le même lit, descendent et remontent les mêmes escaliers, vident les poubelles, avec leurs veines gonflées, leurs chevilles nues, et au bout des mules, des pantoufles qui branlent. Ils vont à leurs affaires, vaquent, grouillent, attendent les bambins aux sorties des écoles, qui sortent en grappes, vidangés d'un coup. Dans les bureaux ils sont également de passage, vont en coup de vent, parfois prennent un verre, un amant, ou la porte, histoire de se sentir un peu vivant.

Puis, le soir venu, ils glissent dans les silences derrière les cloisons, s'enferment chez eux, à double tour, dans leurs vies menues, avec pour seul prénom celui que d'autres ont choisi, restent là, interdits, avec leur peur de disparaître dans la mâchoire de l'autre, de ne pas trouver sa place, de faire du hors-piste, de cesser de respirer un grand coup. Tu les observes en coin — déjà —, reluques leurs vies qui ressemblent à la tienne, avec ses rayonnages bien ordonnés, avec toutes les balises à leur place, pour naviguer à vue, ne pas trop se perdre. Ils évitent de trop en faire, de voir trop grand, veulent y voir clair. Ils sont méfiants, couards, pataudss, comme des laboureurs, ils tracent les sillons, bêchent, tailladent, se cherchent une âme sœur, un autre avec qui s'oublier. Ils vont aux guichets, retirent les billets, enchaînent les grogs, avant d'aller se coucher, avec au passage, à la levrette, une saillie ou une pneumonie, selon les saisons.

On habite à peine son nom, un numéro, un pas de porte. On traverse à peine sa vie, ne reste rien des petites filles que nous fûmes, des cartables arrimés aux dos, des lisières qui partent de partout, les vert-bleu de l'été qui se la jouent pépère. Plus tard, on décide de mettre les bouchées doubles, la petite fille est devenue femme, alors, pour ne pas perdre pied, on touche à tout. En ce qui me concerne je me suis mise à écrire un journal, à peindre des tableaux, à tenir les comptes, autant de façons de revenir à soi, de ne pas quitter, de se souvenir de ces vacances immenses, des champs affolés d'odeurs, de senteurs, de bêtes, d'orages, de nuits.

Je me suis mise à consulter les horoscopes, à convoquer la mémoire, à coups de mots, de pinceaux, autour d'une table, avec des amis, à me souvenir d'un tronc d'arbre, d'un châtaignier, d'un frêne, d'un bout de forêt, de l'écorce grenue d'un pied de marronnier festonné de lichens, choyé par les mousses, les champignons, de toute une tribu d'hommes et de femmes qui ne sont plus, n'en pouvaient plus, des saisons trop crues, entassées sous des ciels anciens, d'un pays qui nous a quittés et qui lui non plus ne reviendra pas.

On ne part pas. C'est toujours la vie qui nous quitte plus tôt que prévu, toujours. Les saisons qui s'en vont, et puis un jour c'est un pays entier qui ne revient plus. Tout bouge, change, et nous déserte, nous répudie. Contre cet oubli il ne nous reste que les mots, les couleurs, les cahiers, les tableaux. On prie, on évangile, on se dit qu'un miracle peut arriver, que les aveugles peuvent recouvrer la vue, les infirmes sortir de leurs fossés, les lépreux de leurs décombres, que l'on peut déjouer les massacres, éviter la peste, la foudre, la vie même qui nous frappe, tourne à l'émeute. Alors tu prends ton courage à deux mains, tu avales ta salive, évites les remous, te laisses envahir par le doute, le tapage, les griefs. Tu cherches les meneurs, ne trouves que des heures, elles, dans leurs fiefs, cautérisent toutes leurs plaies, sont prêtes à repartir à la charge, à foncer tête baissée, ne reste plus qu'à se terrer, à attendre que le temps lâche enfin ses molosses.

Contre l'oubli il ne nous reste que le feu follet, les broussailles, parfois, peu de fois, une œuvre qui elle aussi brûlera, mais plus tard. Alors tu lâches les bordées, tu hisses les voiles, te jettes à la gorge du vent, avec les pinceaux, tu sabres, vitrioles, mets des couleurs là où il n'y en avait plus, la fièvre te gagne, monte depuis l'entresol, saisit à la gorge toute la maison. Tu crèves alors la toile, à coups de massue, à la hache, fouettes chaque coin, éperonnes chaque angle, ne laisses aucun répit à la mort, peins jusqu'à la fin, jusqu'au dernier souffle. Tu tires sur la gâchette, ce sont les dernières balles, les dernières salves, tu le sais, ce tableau sera le dernier, mais tu restes sur le ponton, face au vent, prêt à recevoir la raclée de ta vie, paré comme jamais à lancer le dernier dé, à abolir la mort d'un seul trait, à te laisser engloutir. L'âme se tord comme une serpillière, le corps s'effiloche mais ne plie pas les genoux, tu attaches tes jambières, songes à l'évanouissement des jours, aux heures qui viennent rôder sur la pointe des pieds.

Tu continues alors de pousser, traverses des rues mordues par un soleil blanc acide, vas pêcher à la belle saison à la recherche d'une collision, d'une rencontre qui te fera enfin vivre. Tu trempes l'orteil dans le cours des choses, tu changes de corsage, de jupe, de blouse, affûtes le corps, le flûtes, mets en musique tout ce que tu peux. Tu continues de faire semblant, de donner le change, tu traverses les heures lisses, les dimanches de juillet. Tu regardes les étoiles qui pétillent, te rappelles la touffeur des granges, les virages au pied des montagnes, les phrases toutes faites, qui flottent comme des méduses au beau milieu des repas et des conversations qui flanchent, qui s'enfoncent l'eau jusqu'au cou. Combien de fois tu m'as dit, trop fatigué, épuisé, lessivé, fendu en deux, et, moi, allons faire un contre-feu, ameutons le monde, sortons de ce huis clos. Mais, en vain, je me cambre, en vain, je m'esclaffe, gesticule, frappe des pieds, en vain je tambourine, rien à faire, toujours tu temporises, attends que le souffle retombe, que je retourne à mes vêpres.

Puis les grilles des mots croisés, le damier des pièces, les siestes qui épluchent les minutes, le bruit des bourgs, des hameaux apeurés, de plus en plus exsangues, où s'obstinent à vivre les hommes. Tu te souviens d'une gare, avec sa citerne, tu découpes des morceaux de temps en rondelles, cherches les raccords entre les lieux, les époques, les récits, tires un peu sur la corde, une voiture, nue et maigre, usée, les entrailles suantes, qui traverse une plaine, soulevant des postillons de poussière. Encore un autre été, celui du premier baiser, de la main logée dans celle d'un garçon dont les traits n'existent déjà plus, avec lequel on patrouillait le long des grillages, près des enclos, pour regarder passer les trains, pour regarder le temps filer, lorsque le temps était encore un trop-plein. Combien de fois toi et moi avons traversé d'est en ouest, du sud au nord, ce pays, en plissant les yeux, avec les kilomètres à nos trousses.

Mais revenons à ton enfance à toi, à ce garçon que je n'ai pas connu, au ruminant que tu étais déjà, rabotant chaque angle de phrase, astiquant chaque silence. Je t'imagine arpentant les préaux, à distance des troupes bruyantes, des embardées des autres gamins, toi, renfrogné, dans ton coin, griffonnant au crayon tes premiers portraits. Tu es cet enfant que tu as peint, de dos, face aux vagues, les pieds dans l'eau, sans doute un souvenir d'été. Derrière un ciel en pagaille, leste, vif, qui te serre au corps. Je t'imagine faisant les trajets d'un bout à l'autre de la ville, confiné à l'arrière de la voiture, l'estomac au bord des lèvres, prêt à tout laisser jaillir. La radio sonne en sourdine, la voiture est déglinguée de partout, un vieux coq qui fait le beau mais qui aurait perdu sa crête, cabossée, rapiécée, navrante, sans panache. Au tournant du siècle, tu découvres les locomotives, les automobiles. Les premiers gratte-ciel sortent de terre, haussent le front, bombent le torse. Bientôt ils se lanceront à l'assaut du ciel, se chamailleront avec le vent, bientôt les années se feront rugissantes.

Et puis il y avait les balades sur la côte est, le front de mer atlantique. Dans les parcs, les sacs de billes, les gâteaux à la cannelle, la table qu'il fallait dégarnir après le repas, la dinde une fois par an, les prix de l'immobilier qui flambent, un nouveau logement à trouver, une autre hypothèque qui devra être remboursée avec ce qui reste d'une vie, et celle-ci, rabotée, ratatinée, avec ses bouillons de légumes, ses soupes allégées, ses carrés de conversation, pour voir, tâter le terrain, remplir les vides, les banalités sur le temps, sur la vie qui grandit, qui passe, et se lasse. Le gamin se barbouille le visage, la tête chavire, l'air du jour touille celui de la nuit, les nuages continuent leurs galipettes sur les prés. Ici et là, les bleus s'attardent, attendent la coulée brune du café bien tassé. La soirée s'incline sur les terrasses, entre dans les vallons, lape les arbres qui deviennent écarlates, écartent les bras, ouvrent les jambes, pour recevoir la nuit, tandis que le jour tombe en poussière, se dissout dans le noir, se fait caféine.

Cet enfant est le même qui, plus tard, à Paris, au Louvre, lorgnera sans vergogne cette femme au sourire énigmatique, une madone brune, les bras croisés, le regard flou, que l'on contemple à présent de loin, derrière une horde d'apôtres fervents. Puis tu passeras autant d'heures à arpenter les autres salles du musée, bouche bée devant les grands tableaux emplis d'ors et de miel, bourrés de personnages très dorés, empilés les uns sur les autres, ou devant ces visages qui jaillissent du noir, le cou serré par la dentelle, les noirs si blancs de leurs robes si belles, pleines d'envolées de corbeaux, de merles, où la lumière s'accroche à leurs becs, la vie s'agrippe aux poutres, les vignes aux collines, partout des grappes de mains d'hommes qui cherchent à se sauver, à respirer auprès de ces corps fermes, ronds, de femmes, ces Renoir, ces Degas, ces Courbet.

Devant les maîtres tu redeviens petit, espiègle, roublard, cherches à chaparder les friandises qui sont là, à portée de la main, devant les yeux. Tu enfiles les salles, montes les marches à toute vitesse. Les entrailles du musée sont énormes, et toi tu es l'ogre, le Petit Poucet, les sept nains, tous les contes et les personnages à la fois. Devant chaque toile, tu t'arrêtes, décortiques, dissèques, occultes, les dates, les reflets, chaque arpent de terre, chaque motte de toile, tu notes les coups de pinceau, les à-plats, ici un jet, là un ricochet. Les couleurs ne sont rien sans le trait, rien sans le coup de pinceau, le coup de patte, qui parfois fouette, griffe, précise, se jette sur la toile, y va à la hache, ou alors, tendre, muet, glisse comme le silence d'une caresse, comme un bref fleuret qui irise un contour, lève le lobe d'une lèvre, darde la lumière d'un regard.

Devant ces œuvres le temps se fige, fini les nuées, le temps se terre dans son coin, attendant que son heure revienne, fini les bourrasques, les oiseaux qui caquettent, becquettent, encombrent de bruits, de cris, de boucan, fini la friture des heures qui se mêlent aux jours. Devant la toile tous se tiennent au garde-à-vous, le monde ne joue plus, il s'envole. Devant la toile d'un maître les chiens de garde frétillent, le sang afflue aux tempes, on est plus vif, non, plus en vie, c'est cela qui te fait aller, allonger, enjamber. Dans ces salles que tu traverses tu as des semelles de vent, des bateaux ivres plein les yeux. Tu es dans un jeu de quilles, et la boule, la balle, c'est toi qui vas droit au but, droit devant ces chefs-d'œuvre aux abois.

Te voilà donc là, à Paris, au Louvre, veste ouverte, écharpe nouée, tête dénudée, ballotté de salle en salle, le corps planté, traversé, penché sur tous ces visages, tous ces regards de bois, ces corps sauvés de l'oubli. Les couleurs sont comme les mots : sans le style, sans le coup de patte, elles non plus ne servent à rien, ou si peu. L'enfant qui a grandi le sait d'emblée, tu sais déjà, d'instinct, qu'à la première toile, ce qui compte c'est le bond du pinceau, le mot qui s'ajuste au corset des phrases, l'œuvre qui chahute, le verbe qui culbute. Ce qui compte ce sont les lettres que l'on taille, les mots que l'on fond dans la page, les coudées, les jetés de pinceaux, les doigts sur les violes, ce silence qui traîne entre deux virgules, ce jeté de blanc au beau milieu des couleurs. Ce qui compte ce sont les déroulés, les écartés, les jetés de bras, la toile avec ses remous, avec ses triomphes, ses défaites, ici les bédouins, là les soudards, plus loin les hasards de la vie, un déjeuner sur l'herbe, des bords de Seine en folie.

Tu regardes, scrutes, avec le menton et la paume, avec tous tes yeux. Eux sont là, devant toi, les maîtres d'hier, avec leurs œuvres qui traversent la durée, fracassent le temps, cherchent à rompre le cercle des siècles, à traverser les horizons, les bornes, tout ce qui naît sans fin, sans âge ni époque. Ils lancent leurs dés, chaque fois, leurs sabots noirs, dérèglent les cadrans, culbutent les heures, enchantent, mettent du chant au cœur du silence. La lecture du livre, la vue d'une œuvre devient alors un charme, un spasme, un éclair très blanc, devient un évanouissement, un éboulement, une perte de soi dans la retrouvée de l'autre. La peinture devient alors, tu me l'as dit un jour, de but en blanc, cet angle vivant, quelques centimètres cubes de toile qui abritent les vivants contre les tempêtes, les bourrasques, les orages, qui soufflent, vifs, depuis l'oubli, allument toutes les bougies.

Tu regardes les toges, les corps qui grouillent, les horizons qui s'éloignent. Tu retiens ton souffle. Tu observes cet homme réduit à l'état d'épave par les fouets à plombs, couronné de ronces, la peau ouverte, le corps transpercé. Puis d'autres salles, celles des canotiers, des sous-bois qui se plient sous le poids des verts, tu t'embrouilles, repenses à cet être abîmé, défiguré, raidi de douleur. Tu songes alors à ton père, aux dimanches, au pasteur, à l'homélie. En quelques enjambées tu perds ce qui te reste de jeunesse, perds l'ivresse de descendre les pentes raides à toute vitesse. Ton corps tire du harnais. Quelques années après il est impossible de te reconnaître, le rude gars qui se tortille devant l'énigme, qui monte sur l'estrade, crache dans la bassine, reprend son affaire, projette la main, s'égosille en silence devant la toile, beugle avec toutes les couleurs, veut sortir d'ici, en terminer avec cette mollesse, ce pourrissement, ce monde criard, trop fade, pas assez vivant.

Dans les cafés tous parlent des nymphéas, de vies mises en cubes, des peintres roublards, bohèmes, qui veulent bousculer le monde. Tous n'ont d'yeux que pour l'Espagnol, ce Pablo venu de nulle part qui concasse les visages, les met en cages. Mais ces pitres à vrai dire ne t'intéressent pas, trop d'emphase, trop de vases brisés. Pour toi les Anciens sont les seuls maîtres à bord, eux seuls savent gravir les coteaux, précéder les levers de ciel, les bavardages très peu pour toi. Je me plais à t'imaginer heureux, en cavale, bravache, plus jeune que jamais, au milieu d'autres artistes, des peintres, des poètes, des romanciers, des beaux parleurs, des scribes ergoteurs, qui agitent les idées, brisent les tabous, épatent le bourgeois. Tu te tiens loin de tout cela, à mille lieues, conservateur jusqu'à la moelle, avec tes manies d'Évangile, de protestant des grandes plaines, tous ces Iroquois désinvoltes, insolents, bouffis de clameurs, très peu pour toi.

Les années qui suivent, l'enfant se fait discret. Tu le gardes avec toi lorsque tu peins, lorsque le monde autour s'écroule et qu'il ne reste plus que toi et la toile. Au matin, il n'est plus là, tu vas dans la salle de bains. J'entends les bruits de l'eau, la tuyauterie qui gargouille, le robinet qui pisse, les chocs sur le marbre, puis le silence du rasoir sur la peau, la mousse qui frissonne, se froisse. Dans la pièce d'à côté, le chevalet attend, les gouaches durcissent. Pour toi les caramels, les applaudissements, les hourras, pour moi les bassines, les paniers, les escabeaux, le démoulé de tarte, les chiffons débraillés, les linges de corps. À travers les cloisons je peux encore entendre tes pas sur le carrelage, tes allées et venues, tes mains qui fripent, plient, repassent, le bleu nuit qui s'entasse près du vert bouteille, le rouge qui brindille sur une bouche, la mort même qui s'étale au grand jour, se voit à l'œil nu, vêtue de guenilles.

Tu entres dans la pièce d'à côté, te fourres dans ton cabanon à outils, montes au grenier, descends bêcher dans le jardin, tout sauf rester dans la pièce avec moi. Ces heures je les ai détestées. Au début, puis à la fin, l'habitude, je ne venais même plus te rôder autour. Les jours sont devenus mornes comme si le monde était vide, buté, atone. Alors me restait une seule issue, toujours la même. On dit que c'est parce que tu étais pingre, que l'on avait à peine deux sous, la vérité est que devenir modèle était ma seule possibilité de continuer à être dans ta ligne de mire, de ne pas disparaître à tes yeux. Me voici donc sur l'estrade, sur la chaise, sur le lit, attendant, docile, les consignes, tapotant des mains, les yeux tantôt braqués au plafond, tantôt plaqués sur ton visage, attendant qu'enfin tu braques les projecteurs sur moi, que tu me voies enfin.

Lorsque je pose pour toi, l'enfant pointe parfois du museau, un gamin un peu trublion qui range au placard les jours et se met à les faire enfin gambader, leur écrabouille la queue pour qu'ils décampent, partent dans tous les sens. Tu remues le foin des couleurs, de longues heures durant, épures chaque recoin, peins les brindilles, courbes le dos, redresses le torse. Et lorsque le soir se fait Patinir, que le bleu se charge d'octaves, de grêle, de mélèzes, tu poses les outils, frottes le tablier, essuies les couleurs, les cobalts, les turquins sur le tissu, alors tu tournes ta bouche neuve vers moi, et, quelques fractions de seconde, je peux apercevoir l'enfant, vif, dru, déguerpir à toute allure, puis, très vite, l'ours, le mal léché, reprendre sa place.

Dans notre caverne, ton corps redevient immense, tu restes alors absent, dans ta salopette bleue, continuant à produire des gestes, à émettre des bruits, à fabriquer des odeurs, à vieillir par tous les bouts, à ne savoir que faire de tes mains, de tes membres, tes bras, tes jambes, à boiter des deux pieds. Tu occupes toute la place comme un pontife de plus en plus dur d'oreille, de plus en plus raide. J'ai beau pincer avec force les cordes de ma voix, m'égosiller jusqu'aux ronces en faisant grincer toutes mes dents, tu ne m'entends plus, ne veux plus rien savoir de mes crises de nerfs, de mes montées, trop au ciel.

Plus les années avancent et plus nos vies reculent. Autour de nous les choses continuent leur routine. Les herbes poussent sur le flanc des collines, les nuages étalent leur marmelade sur la tartine du ciel. Autour, les choses persistent, les arbres restent inchangés, avec leurs écorces nues, noiraudes, toutes tavelées de grisés.

La bouche tordue du vent, le soleil au couchant, le bois blond des meubles, oui, partout les choses restent à leur place, interdites. Tu voudrais qu'elles ne dévient pas, qu'elles se figent, tandis que nos corps, plissés, vidés, continuent eux de glisser, de devenir lisses jusqu'à l'absence. On se croise, de plus en plus amers, entre deux pièces, tenant en bride nos reproches, retenant à pleins bras les coups, moi devenue encore plus malingre, sans seins, sans fesses, une fillette toute plate, née hors du monde, à l'écart des routes, des regards.

Les étés reviennent plus tôt, repartent plus vite, nous ne voyons personne, ou presque. Même John Dos Passos et sa femme ont déguerpi. Le peu d'amis qu'il nous reste nous évitent. Difficile de tenir la distance, nos disputes multiples, en enfilade, découragent les plus enthousiastes d'entre eux. Ne restent que ceux qui ne comptent pas, ceux qui sont sourds comme des pots, les estropiés, les faussaires, ceux qui font toutes sortes de génuflexions devant ton talent, qui veulent grappiller un peu de gloire. Avec le temps même le ciel se fêle, les jours grandissent comme des poings, ils deviennent méchants, butés, on a beau tirer sur la bride, ils s'emballent, cavalent, donnent des ruades, parfois même montrent les crocs.

La nuit, on entend le craquement de nos corps qui se retournent comme de la terre, labourent les draps, bêchent les édredons. Lorsque le jour revient, que la lumière nous lèche le visage, on entre peu à peu en chaleur. On laisse les volets mi-clos, le soleil se faufile en striures, traverse la pièce, puis vient tanner nos nuques, nos bras, nos jambes. Sa douceur est sa force, avec sa crinière tantôt brune, tantôt blonde, dedans puis dehors, blanche puis muette, comme un jour qui s'allonge, indécis, entre nous, s'épanche, se déverse sans compter, joue avec nos osselets, l'étoffe de nos peaux. Nous sommes devenus comme les deux pages d'un même livre, deux pages qui se font face, se racontent la même histoire, mais restent à jamais ouvertes, le livre plié sur la table, tout d'un coup illisible. Des vies à la fois jointes et séparées, aussi acides et tièdes qu'un hoquet de lait sur les lèvres d'un nouveau-né, des vies qui crissent à chaque coup de ciseaux, qu'on ne peut pour autant séparer avec l'ouvre-page.

Nos cœurs, grattés jusqu'au sang, se croisent, vivent dans la même maison, dorment dans la même chambre, mais nous sommes tous les deux déjà à mille lieues l'un de l'autre. Je regarde tes mains se craqueler, ton corps vieillir, aller et venir, emportant ici et là ton ventre, la chaleur de nos draps. Tes mains ont cessé, depuis longtemps, d'être avides de saisir, de palper, de toucher. Elles sont désormais pleines de rides, de taches, brunies, avec des auréoles plus sombres, des brûlures de mégots écrasés sur la peau. Surtout tes mains ont cessé d'être vivantes sur mon ventre, désormais moins rond, plus flasque, ma silhouette pleine de routines et d'ombres, qui jadis avait été, pour toi, pleine de gloires et d'imprévus. Mon corps de fille qui avait été une belle prise pour les hommes, soupesé par toi, levé, puis touché, estimé au juste poids, à chaque arpent, mon corps toujours neuf, jamais semblable, à la beauté drue, sauvage, mon corps désormais sans intérêt pour toi, ni touché ni coulé.

Ce corps un jour dardé, pilonné par le tien, percé, creusé jusqu'au fond, avec toi au-dessus, lourd, pesant de tout ton poids, toi au-dessus qui me fouilles, qui feules, qui geins, qui meugles, une bête à laquelle on tranche la gorge d'un coup sec, dont on scalpe la touffe de la voix. Puis de nouveau tes silences qui s'amuïssent, la journée qui tombe comme du haut d'une falaise, se brise le cou. J'aurais dû me douter, ne pas espérer, ces quarts d'heure ont été bien peu de chose. Puis le passé a cessé de faire son âge, les souvenirs ont commencé à porter des haillons, à boiter, nos quarts d'heure de gloire à devenir des reliques. En un clin d'œil, la fête était passée, plus brève que prévu, la vie reprenait son triste cours, avec ses lézardes, ses cafouillis, ses semaines à blanc.

Les hommes et les femmes ne sont pas des yeux. Ils sont avant tout des regards. Ils ne sont pas des mains. Ils sont des frôlements, des touchers, des pesées, des effeuillements. L'amour est ce bond vers l'autre, cet élan, ce jaillissement qui prend de court le temps, le prend de vitesse, une sorte d'épervier qui plonge vers les hauteurs, à fleur d'air, au ras de la lumière. Et dans ce ruissellement jaillit alors le visage, la source, la vie, la lumière qui irradie, qui flambe. Tout alors devient comestible, tout entre en combustion, on est jeunes, goulus, bien tendus, on avale l'air cru, on dévore à même le visage, on lampe chaque baiser, lape toutes les lèvres, vire au nord, secoue la proue. Tout devient onctueux, plus vif, et chaque bouchée est encore plus belle. Les vues sont alors imprenables, les matins toujours frais laissent leurs traînées de poudre, attendent qu'un premier rayon allume la mèche, que le jour entier éclate à tue-tête, en mette plein les yeux.

Te voilà qui tournes à l'angle, pivotes sur ton axe, pour faire face de nouveau à la toile, repartir au loin, vers ce gamin qui te tient la main. Dans ton sang, sous ta peau, il est là, avec sa jeunesse sans mémoire, son regard brille, plein d'avenir. Des yeux qui savent que le monde leur appartient, qu'il leur mange dans la main, ils picorent les jours sans se soucier des greniers, des moissons, des blés qui brûlent. Je ne le connaîtrai donc pas, après toutes ces années passées à tes côtés, ce gamin sans bride, avec ses bras qui s'agitent et moulinent, avec ses ailes de papillon, les cheveux bruns ramenés en rouleaux, tout en longueur, le front bombé, les yeux dévorés par la lumière, la sève qui monte. Lorsque tu prends ton air renfrogné, bougon, il n'est pas loin, immédiat et dense, bardé de volonté. Même lorsque tu caresses le chaud de la tasse, que tu essuies tes mains sur la salopette, ou jettes le chiffon dans la corbeille à linge, il est là.

Je l'ai vu une seule fois, dans une des photos que tu gardais dans l'armoire, entre les feuilles d'un livret. Il était là, les bras croisés sur la poitrine, renfrogné, fâché. Dans ses yeux clairs une colère noire. Tout autour l'air se fendille, pas un nuage ne pouffe, personne n'a envie de rigoler. On vient de te dire quelque chose de définitif, d'ôter de tes mains, d'un coup sec, ta peluche préférée. En tout cas tu ne décolères pas, cette photo en est la preuve flagrante. Derrière, le soleil prend de la hauteur, il entend déjà les pas du jour s'éteindre. L'ombre de la nuit s'approche, le rattrape, s'allonge, enfin, devant lui. Le ciel déroule les stores, encore un effort, et il tire les persiennes, jette l'éponge, plie armes et bagages, lui aussi fâché, il va bouder dans son coin, et attendre que la nuit vienne lui tapoter l'épaule.

Aujourd'hui j'irai fleurir ta tombe. J'enfoncerai le pot, près de la dalle, dans le gravier, y mettrai un peu de ma vie, ce papier mâché, mastiqué, comme un dimanche de pluie. Je traverserai les bois, passerai sous le couvert des arbres, je penserai à nos balades, à l'odeur des girolles, à celle des cèpes, à toutes ces saisons pleines de fougères, maintenant racornies dans ma mémoire. Dans un coin, le gamin remue, piaille, frétille. Je le cherche entre les herbes que je pousse, ce corps qui fut le tien, qui n'est plus, contre lequel je ne peux plus me presser, être dans le pré de ta peau, te voir jaillir à l'entrée de mes yeux, emporté, à jamais hors de ma portée. Moi aussi j'irai bientôt à la lisière. J'écoute un bourdon passer d'un pollen à l'autre, regarde déraper les oiseaux, faire leur patinage sur le ciel glissant. Le jour est incroyablement immobile, immuable. Je viens de dormir une grande partie de ma vie et maintenant il est trop tard pour me réveiller pour de bon, il ne me reste plus que de l'infime.

VI

> « Tout à coup quelque chose désarçonne l'âme dans le corps.
> « Tout à coup un amour renverse le cours de notre vie.
> « (...) le temps est de plus en plus neuf. »
>
> PASCAL QUIGNARD

Pour toi j'ai été toutes les femmes. D'une toile à l'autre, j'ai endossé toutes les robes, porté toutes les blouses, mis toutes les jupes. Habillée, déshabillée, brune puis blonde, parfois même rouquine, ravaudée, flétrie, j'ai été l'amante, la passante, la cliente, j'ai tenu tous les rôles, moi qui voulais être comédienne, j'ai été servie.

Je suis ainsi montée sur les planches, dans la peau d'une danseuse nue, j'ai campé une rousse altière, mis des jarretières, dénoué des nœuds, joué à la femme abandonnée au petit matin, à la secrétaire qui se déhanche autour du bureau, range les dossiers, se laisse regarder, chaloupe, allume, éteint. J'ai même interprété le rôle d'une pompiste pimpante, mis des robes rouges, des bas résille, me suis laissé tourner la tête, ronger les sangs, une midinette qui aguiche, qui veut sa décharge, se savoir vivante. Dévêtue, puis revêtue, j'ai été cette femme qui va seule au cinéma, cette autre assise dans un fauteuil, dans une maison au milieu de nulle part, au milieu d'un dimanche hébété. Souvent liseuse, non pas de livres, mais des horaires de train, des cahiers comptables, du menu fretin, rien en tout cas qui puisse t'arracher un bras, te démolir de haut en bas.

Toutes ces femmes. Mais toujours dans une lumière qui se dérobe, la peau sanglée au corps, hantée, aveuglée, perdue au milieu d'une vie qui n'en est pas une, la toilette défaite, le visage creusé. Une femme donc comme un long midi, sans ligne d'horizon, à toute heure du jour ou de la nuit, seule, pleine d'entailles, d'encoches, de creux, une femme que l'on écoute les yeux fermés, que l'on regarde la bouche ouverte. Des femmes muettes aussi, des dizaines aux lèvres cousues, avec leurs mots avalés de travers, coincés dans la gorge, qui entrent à la volée dans leur vie puis ne savent qu'en faire. Alors elles, gaillardes, improvisent, se surpassent, s'impatientent mais, elles ont beau attendre, les princes eux aussi se font désirer, ils font la fine bouche, au mieux disent oui du bout des lèvres.

Alors elles baissent la garde, cessent d'être juteuses, impeccables, pétillantes. Elles renoncent aux premières loges, bruissent à peine, perdent le granulé de leur voix. Leur velours se fait plus rêche, le timbre plein de rocaille. Et ainsi elles terminent dans tes toiles, complètement aphones, brisées, résignées. Les plus bravaches rechignent, elles font comme moi, se plient en quatre, serrent les fesses, rentrent le ventre. Elles tentent de jouer avec les cartes qu'elles ont encore en main, de démarrer une nouvelle saison, sauver les meubles, remettre les pendules à l'heure, ou tout simplement quittent le navire, sautent dans le canot. À la fin il ne reste que des reliquats. C'est ce que tu voulais dans tes tableaux. Me voir sous toutes les coutures, à tous les âges, lorsque l'on chavire, après la Grande Guerre, la Seconde. Ont commencé alors les miettes, mais même là j'ai tenu bon. J'ai assuré le spectacle, gardé la tête haute, fière de mes seins qui restaient plantés haut, comme un défi.

Je me suis efforcée, j'ai cherché à tenir le premier rôle, une manière d'écarter les rivales, de tenir le haut de l'affiche, et toujours, dans la lumière crue, rauque, acide, de l'après-midi, du matin, ou de la nuit qui n'en était pas une. Mais l'addition a été lourde, j'ai arrêté de peindre, ou presque, car quand je ne devais pas poser des heures durant, c'était le fourneau qui piaffait d'impatience, ou alors la comptabilité qui attendait qu'on l'épluche, les heures lentes à cataloguer les épices, chaque tableau, noter ses mensurations, lui trouver un titre, le menotter, pieds et poings liés, le classer dans mes carnets. Mes doigts, mes phalanges, ne servent plus qu'à cela, à maculer des pages, à tenir des comptes, à frotter l'évier, à récurer.

Qu'ils sont loin des grandes enjambées, les forêts qui se laissent pousser des ailes, les gibiers qui savent que la mort n'est pas autre chose que le revers de la vie, tout de suite, et pour toujours. Malgré les semaines de ventre vide, on brûlait par les deux bouts, on amadouait les épiciers, on n'avait pas peur de se retrouver à la rue, car la ville trépignait. Les soirs d'orage les éclairs grésillaient, l'été les fontaines étaient tapageuses, les heures trottaient, on était encore jeunes, sans regrets. Alors on ne pensait à rien, surtout pas aux adieux, à toutes les choses que l'on aurait dû faire, toutes ces choses qui faute de temps, de courage, ne se font pas.

Et alors la vie s'émiette, reste sans répertoire, elle se défile. Vers cette époque, j'avais du succès, dans tous les registres, mes toiles avaient la cote, et ma jolie frimousse aussi. Toi, pour te donner des airs, tu ricanais en coin, faisais celui qui était au-dessus de la mêlée. Magnanime tu me laissais grappiller mes succès, glousser aux vernissages, la lumière roulait sur les toits, elle éclaboussait nos journées. Surtout les feux de la rampe étaient alors braqués sur moi, et toi le matou, tu ronronnais, attendais que cela se tasse, que mon heure passe, attendais surtout que la tienne, d'heure, vienne, que la pendule soit remise enfin à l'heure, et le temps au pas.

Je savais, pour ma part, que mon homme n'était pas un coureur de jupons, à peine deux amourettes avant moi, une étudiante anglaise, et, plus tard, une petite Française émigrée, qui, elle aussi, s'était amourachée de ton maudit Verlaine. L'amour fou ce n'était pas trop dans tes cordes, les cimes non plus. Néanmoins, mieux valait tenir la laisse, tirer fort si besoin, ne pas lâcher prise. D'où mon stratagème imparable : être dans ta vie, même si cela devait être sur le bas-côté, être donc dans toutes tes toiles. Être toutes les femmes à portée de vue, à la jonction de toutes les éternités, du passé et du futur, être dans tous les interstices de ton présent, partout, toujours dans ton sillage, devant, derrière, au nord, au sud, même si pour cela je devais rester dans l'ombre, en retrait, calée dans un coin de ta vie, être une relique, un recoin, une charade qui n'intéresse plus personne.

Alors j'ai pris tous les rôles, les uns après les autres, joué toutes les pièces, tous les films, toutes les fêlures. Et ainsi on frottait nos solitudes, dans le silence des prises. Je restais les tempes serrées, assise, debout, le torse couvert, découvert. Les jours passaient dociles, ébouriffés, avec leurs ventres eux aussi plats et vides. Tu gardais le silence, alignais quelques mots, tiens-toi droite, rentre le ventre. Tu levais le menton, plissais les yeux, reprenais le tracé, puis retournais, bougon, aussitôt dans ta grotte. Quant à moi je gardais le silence, serrais les fesses, pinçais les lèvres, rectifiais la position. Je restais dans le vague, perdue dans mes pensées, pensant aux emprunts à rembourser, aux factures à payer, à nos virées trop longues à travers le pays. Ta satanée obsession, avec les voies ferrées, les routes secondaires, les bleds paumés, les haltes dans les stations essence, les motels miteux avec leurs néons clinquants. On en a vu défiler des nuits moites, des chambres crasseuses, avec leurs douches raides, leurs lavabos pleins de rousseurs, rien que du pas très glamour.

Les séances étaient des calvaires, pas vraiment des bals costumés, mais c'était le prix à payer. Une fois je me suis brûlée en posant nue, la jambe sur le poêle, j'en garde encore des séquelles. Et que dire de cette autre session, où, déjà la soixantaine passée, tu m'as réveillée en pleine nuit, viens ici, tiens-toi droite, déshabille-toi, au milieu de cet appartement qui pissait le froid, pour que tu puisses terminer cette femme dans la nuit. Car, en définitive, seule la peinture t'importait. Ta maîtresse c'était elle. Tes escapades c'était encore elle. En posant pour toi, je restais néanmoins dans ton champ de vision, obstruant le passage à une quelconque rivale. Je faisais illusion, mais je voyais bien que tes regards n'étaient pas posés sur moi, ta femme, mais sur cette autre qui avait pris ma place, ta muse serviable, avec encore de beaux restes, bons à croquer sur la toile.

Tu n'avais qu'à tendre le bras, continuer de fouetter avec le pinceau, faire monter en mayonnaise les couleurs. J'étais là, sous ton regard, dans tous les angles, en noir et blanc, en couleurs, comme dans cette photo prise de nous deux devant la maison du bord de mer, toi au premier plan, immense, bouchonnant toute la perspective, et moi, là-bas, au fond, rachitique, à peine une silhouette. Je suis cette femme qui est passée dans ta vie comme un coup de vent, que tu as aimée puis lâchée, laissée à sa solitude, collée à toi mais seule, une coquille vide. Et toi le coq, l'ours gavé de miel, les yeux hirsutes, le corps penché sur la toile, veillant au grain, à chaque picotement de pinceau, toi incapable de voir combien on prenait l'eau de toutes parts, plus rien à se dire, à faire ensemble. Après les cajoleries, ne restèrent que les bourrades, peu de hauts, beaucoup de bas, les duels à l'épée, les pions qui disparaissent de l'échiquier, les tours qui tombent, le roi et la reine demeurant soudain seuls, dans une partie sans fin.

Au début on peignait côte à côte, puis chacun de son côté, et enfin toi seul as peint, renfermé comme une huître. Certes, on a eu nos soirées, nos pas de deux, un peu de Verlaine, toujours, et je te prends par la ceinture, dansons, les mollets et les cuisses gainés de collants couleur chair, puis, renfrognés, chacun dans son coin, car la peinture a pris toute la place dans ta vie, elle s'est installée pour y rester, études, palettes, feutres, gouaches. Alors je me suis inventé tous ces personnages, pour être dans tes toiles, à défaut d'être dans ton lit. Je me suis mise à consigner tes œuvres, à leur donner des titres, à tenir le cahier des comptes, à y inscrire les prix, les ventes, les acheteurs, à décrire, au millième, les dimensions des toiles.

J'ai catalogué tous tes moindres faits et gestes, pendant que Monsieur se faisait artiste, grand maître, chef-d'œuvre. J'ai assuré l'intendance, approvisionnant la ligne de front, ordonnant les toiles, les gravures, les dessins, les esquisses, les carnets, les lettres, et même nos journaux intimes, nos grandes dépressions, nos guerres mondiales, quarante ans de vie à s'attendre, à s'ignorer, à former un couple de papier, à recracher nos peines. Dans tes tableaux les arbres sont toujours aux aguets, prêts à envahir les pièces, à faire craquer les parois, fendre les planchers, disloquer les balustrades, crever les toitures. Ils veulent entrer mais restent à l'écart, en dehors, aux marges, n'osent pas, ne se décident pas, à faire le dernier pas, à saccager la maison qui n'est autre que ta vie, nos vies pieds et poings liés. Et puis il y a ce phare qui lui aussi veille, à la proue des terres, ce phare très seul, isolé, tendu, posé sur la terre, collé à la nuit, lui aussi seul, enfermé dans son huis clos existentiel, un phare, comme toi sourd et buté, un vrai autiste, qui ne brille que pour lui.

Au total trois cent cinquante-sept aquarelles, trois cent soixante-six huiles sur toile, sur quatre-vingt-cinq années de vie, plus de la moitié passée avec moi, celles qui t'ont servi pour créer ton œuvre. Voilà le bilan. Le solde de tout compte. Ma pitance. Soit, au maximum, une dizaine de toiles par an en régime de croisière, une production d'escargot, et ce monde qui bascule dans un arrière-pays, une plaine qui cède sous le poids de la poussée du nouveau monde, des granges hagardes, des poteaux faméliques, des lignes de télégraphe qui pendent un peu partout. Tout ici est condamné, balafré, perdu, la vie ne pend que d'un fil, et parfois on le sectionne. Ne restent, dans le monde réel, que des lambeaux de ce que tu as vu, des bribes de phrases, des tessons de bouteilles, des pourboires ridicules. On s'accroche aux branches, on rafistole les souvenirs, on multiplie les entractes, mais la levure ne prend pas, les heures s'écroulent, la vie bat en retraite.

Nos mises en scène ont été tant de fois répétées que les textes restent lettre morte, usés jusqu'à la trame. Dans tes peintures ce sont d'ailleurs toujours les mêmes postures, les mêmes jets du corps, le même posé du front. Des personnages en quête d'auteur, quelqu'un qui leur mette un peu de vie dans les veines, les ébouriffe, les fasse vibrer, les porte à la proue d'eux-mêmes. Et puis toujours les mêmes crevasses, la même caillasse, ces heures vides aux joues creuses, pleines de cernes, une fatigue que l'on traîne dès le lever du jour. On cherche alors des mots qui arrangent les choses, les remettent à leur place, mais les mots ne viennent pas, ils s'empâtent, obstruent la trachée. On aère, on ventile, on ouvre grandes les portes, les fenêtres, car dans tes toiles on étouffe. Très vite le souffle manque. On tourne comme des poissons rouges dans le bocal, et hors cadre, au loin, on le sait, la mer est là, avec ses bras grands ouverts, bleue, ahurie.

Sur quelques centimètres carrés, tout est griffé par la paresse, piégé dans ces ourlets de couleurs que tu as mis en boîte. Le soleil a beau cogner, les falaises s'effriter, tes tableaux résistent, les couleurs chancellent, se mettent à genoux, plient mais ne se brisent pas. Avec leurs cadrages, avec leurs éclairages, leurs mises en scène, leurs vues en hauteur et leurs contre-plongées, leurs arrêts sur image, les couleurs tiennent debout. On se croirait revenus dans cette bourgade, dans cette plaine, dans cette ville, abandonnés dans cette première moitié de siècle partie en fumée. À nos débuts, parfois, il y avait des averses de grêle. Tu en profitais pour mettre les voiles, je veux dire, te mettre aux toiles, par la suite, même mes sorties de piste ne t'émoustillaient pas, tu restais de marbre, et tes seules réponses me revenaient en pleine figure, en forme de tableaux.

Toutes tes huiles, tous tes dessins ne sont en définitive qu'un immense journal de bord, des lettres postées sans destinataire. Car pour toi, je n'étais que la bonne à tout faire, le modèle bon marché, la bonne fille avec laquelle tu partageais l'étage, qui te servait la soupe, assurait les arrières. Parfois tu me sortais les épîtres, tes sermons à deux sous. Mais pour moi les Évangiles ce n'étaient pas les cataclysmes, les pointés du doigt. C'était au contraire de la testostérone à l'état pur car il y est question de femmes qui enfantent, qui procréent sans avoir à copuler, sans avoir à se coucher, à attendre qu'on entre en elles, qu'on les traverse. Donc un monde béni des dieux, où il n'est nul besoin des hommes, où la conception est immaculée, le râle inutile.

Et puis tu es parti. Les rues sont alors restées encore plus désertes, les ciels encore plus blancs. Comme ceux de ce pays, l'Espagne, que tu as traversé en coup de vent, à peine dix jours, en mille neuf cent dix, bien avant leur horrible guerre incivile. Les fenêtres se sont mises à nous regarder sans comprendre. Avec toi ailleurs, parti, de l'autre côté, peu à peu les prénoms, les noms, les dates se sont mélangés. Tout s'embourbe maintenant dans ma mémoire, l'été s'est mis à balbutier, et maintenant l'hiver se jette sur moi, mais c'est un hiver édenté, à peine quelques crocs, deux ou trois flocons, comme si lui aussi s'était fatigué de toutes ces valses, de porter les valises ici et ailleurs, de tourner en rond dans la cage de ce temps qui a de plus en plus faim, qui se jette sur toi dès que tu baisses la garde.

Tes absences me manquent. Je veux dire tes journées passées à mes côtés mais sans être là, à ruminer des questions sourdes, à maigrir ou, au contraire, à épaissir, devant ton chevalet. Un jour tu n'as plus eu la force, pour les grands formats en tout cas. Le dernier est le plus beau : ces deux comédiens avec leurs mines enfarinées, qui savent que la dernière pièce vient de se jouer, que l'on va éteindre les lampions. Sur la fin ta voix n'était plus la même, encore plus avare, encore plus cabossée, besogneuse. À la fin c'était presque une voix de fillette, chevrotante, tirant sur les aigus, comme celle d'un adolescent qui mue, comme celle d'une vie qui reste sans voix.

Lorsque tu es revenu de l'hôpital tu étais presque aphone, tu ne bredouillais presque plus. Tu étais éreinté, les années d'avant les maladies cela avait été de vilaines fessées, des rhumes, des toux, des jambes qui tirent, des os qui craquent, mais rien de très grave, des babioles. Même le reste, les fractures de la hanche, les cataractes, les glaucomes, même cette fichue thyroïde, on avait réussi à en venir à bout, à mater le matou. Mais là, c'était autre chose, c'était la vieillesse qui tirait à sa fin, c'était la mort qui s'invitait, hilare, blafarde, à table.

On quémandait. Un jour de plus. Une petite semaine. Un mois de gagné, et alors on débouchait le champagne. On grappillait toutes les bribes que l'on pouvait. Lorsque tu es au bord du ravin, le vertige de vivre est encore plus fort, même si tu es passé à côté de ta vie. Puis les livres restent fermés, les pages à peine écornées, dans le garage notre vieille caboche attend son heure. Mais rien à faire, tu ne peux, ne veux pas lâcher la rampe. Tu as beau avoir ces grelots dans la voix, tu continues à vouloir la faire valser. Les trombes d'eau se fracassent le crâne contre les vitres de l'atelier, le chevalet est depuis longtemps lui aussi orphelin. Mais, rien à faire, tu continues de tripoter les pinceaux, d'y croire, dur comme fer. Jusqu'au bout, tu traînes comme une vieille bête ta carcasse, attends, impassible, avant le grand saut dans le vide.

De nous deux, ne me restent que quelques toiles où l'on figure ensemble. Avec les années j'ai eu tendance à disparaître de ce registre aussi. En mille neuf cent trente-neuf tu as peint *Soirée à Cape Cod*, dans cette toile on est encore un couple, moi les bras croisés, en robe bleue, toi, assis sur le porche, jouant avec l'herbe haute. On fait les paresseux, les heures sont longues, nous voilà comme des insectes qui grésillent dans la toile. Les femmes, en général, tu ne les aimes pas trop plantureuses, elles ne doivent pas aguicher. Celle-ci ne fait pas exception, peut-être même que ce n'est pas moi mais une de ces Finlandaises qui pullulaient alors dans le coin. Notre maison avait aussi des accents scandinaves, une bâtisse blanche verrouillée de partout, autour des arbres trop penchés, des herbes trop folles.

En tout cas, nous voilà, barbouillés, mais encore ensemble. La Grande Dépression vient de traverser le pays de part en part, laissant sur le carreau des millions d'Américains. Partout les files d'attente, les gamins qui mendient, les distilleries qui se terrent. On est alors, sans le savoir encore, au seuil de la Grande Guerre, la Seconde, celle des camps, celle des avions qui tombent en piqué. Une bonne année néanmoins pour toi, car tu viens de terminer cinq belles huiles, plus réussies les unes que les autres. *Cape Cod* reste, néanmoins, et de loin, ma préférée. Partout les Européens arrivent en pagaille, surtout les Juifs, des Allemands, des intellectuels, des artistes, des physiciens. Il y a aussi ces Espagnols, pour certains poètes, troubadours, professeurs, partout on entre en transe, on espère que la folie sera sans suite, que bientôt le ciel sera de retour.

Nous, on reste dans notre coin, à l'écart, dans notre bulle, ignorants de ce qui se joue, les journaux d'ailleurs ne nous intéressent pas, ou si peu. On s'étripe, le temps déjà file, mais ce jour-là, en terminant ta toile, l'heure sent bon les fleurs, l'air est bleu. Tu as passé des mois à ébaucher des croquis, à noircir des dizaines de pages, avant de te lancer, d'y aller. Et voilà le résultat : un tableau superbe. Regarde-le : lui les bras tannés, elle déjà entre deux âges, devant ce soleil en pagaille qui tabasse les herbes, qui gifle, cingle, le soleil en uppercuts, en poids plume qui déboule sur le ring, prêt à en découdre avec les saisons, il en veut, surtout il aspire à hisser le blason, à porter cette couronne que tous les étés il lorgne.

Tu aimais inventer des histoires pour tes toiles, même si aux journalistes tu as toujours soutenu le contraire. Aucune narration, pas de racontars ici, tu disais. La vérité c'est qu'on leur inventait même des noms et des prénoms à nos personnages. Peut-être l'histoire de celle-ci aurait pu commencer comme dans ces vers de Rimbaud que tu aimais autant que son compère. *Par un soir bleu d'été*... L'heure est alors tiède, sans doute est-ce une fin de journée sans disputes ni reproches, juste un vieux couple qui pense que le pire est à venir. Le décor tient bien debout, la maison, l'herbe, le ciel, tout est à sa place, mais déjà décalé. La femme qui est là n'a rien d'une aguicheuse, pas de fesses offertes, pas de robe moulante, juste une femme qui sait qu'elle va vieillir, qui sait déjà que le bonheur lui a échappé, qu'elle aura beau courir derrière, il a déjà déguerpi, ici la vie est une étuve, trop froide, trop chaude.

Vingt ans plus tard, dans *Matin à Cape Cod*, je suis massivement seule, adossée à la fenêtre, toujours cette fichue robe rouge. Ce que scrute cette femme est hors cadre, ailleurs, plus loin, peut-être quelque chose qui s'est perdu, qui est parti, peut-être quelqu'un qui ne viendra plus ou n'a jamais été là. En tout cas je suis seule, amoindrie, ton personnage, lui, n'est plus dans le tableau, le silence est partout, la messe est dite. Je me tiens au milieu, engluée, saisie, prise, dans ce vide, une vie qui n'en est plus une, dans la pâte chaude d'une matinée qui commence à lever et que l'on voudrait déjà voir finir, remettre le tout dans le fourneau. La mort c'est cela, un matin chaud qui ne vous dit plus rien, ne parle plus.

Nous ne venons au monde, et nous y maintenons, que parce que l'autre nous y entraîne, nous y fait naître, grandir, brunir. Il suffit que l'autre ne soit plus pour qu'une grande partie de nous-même s'affaisse. Alors il nous faut repartir, retrouver une nouvelle naissance, un nouveau visage, un nouvel amour où nous poser. Mais pour cela encore faut-il pouvoir se détacher, échapper à son passé, encore faut-il pouvoir voler. Tu es resté, tu as pillé toutes mes naissances, avorté tous mes jours, nous sommes restés l'un avec l'autre, sans l'autre, nous retournant dans notre lit désert, les yeux ont fini par ne plus flamboyer. Même le temps n'y vient plus, il a cessé de nous donner ses coups de canif, le livre des heures reste intouché, aucune lame ne viendra lui trancher le cou, le délier. J'aimerais de nouveau saisir le couteau, le glisser entre les deux feuilles de nos vies et, d'un coup sec, tirer, faire jaillir notre histoire, me délivrer de cet étau, de cette masse, de ce vide qui pèse de tout son poids.

Nos batailles, les coups, les cris, les pleurs, on a fait naufrage de toutes parts. À la fin, notre couple n'était plus que ce pantin désarticulé. Comme dans cette toile peinte un an avant ta mort, toi et moi, deux comédiens qui saluent sur scène, car tous les deux savent que bientôt le rideau va tomber, qu'on peut enterrer la hache de guerre. Bientôt tout sera dit, ou tu, on arrive en bout de piste, les cœurs rabougris. Cela fait des siècles que nos corps, pansus, boucanés, s'ignorent, que nous vivons côte à côte, tels des astres froids, des années que nos vies ont perdu leur écrin, briquées par la fatigue, lasses d'être là, à ras de terre, sans allure, somnolentes, cahotantes, ferraillant avec les jours, passant de l'un à l'autre sans presque se toucher, sans à peine prendre le temps de se traverser.

Même dans cette toile de la fin, *Deux comédiens*, les saltimbanques qui tirent leur révérence, ton œuvre d'adieu, ta dernière pirouette, je n'aurai été, une fois de plus, que celle qui se tient derrière, et toi devant, saluant un public, moi invisible, toujours en retrait, à tenir les marmites, à t'encourager, à te pousser, pauvre idiote, toi sous les feux des projecteurs, dans la lumière des néons. J'aurai été à peine ce galet qui ricoche à la surface de tes jours, une arrière-saison, une lande râpée, aussi chauve que toi, un manque de tout et surtout d'orages. Celle qui passe de salle en salle, qui reste derrière les buissons, pelotonnée, embusquée dans la futaie, cachée derrière la palissade de ton œuvre, ma petite vie de Poucet jetée dans la cage du lion.

Lorsqu'on parlera de moi ce sera comme de celle qui était à tes côtés, la petite ronde là, à l'écart, qui tenait le ménage, touillait la marmite, pendant que l'œuvre se faisait, se fabriquait, grandissait, comme un enfant que l'on n'aura pas, notre enfant malingre, émacié, maintenant dans toutes les collections. Oui, cette femme, de plus en plus gauche, de plus en plus hors cadre, que les feux de la rampe gênent, même la lumière du jour est devenue trop drue, alors je m'assoupis, tête renversée, le corps en stalactite, comme dans une grotte, tapie, là, dans ce fond de bouteille.

Il t'aura fallu tout ce temps, arriver presque au seuil de ta mort, à l'extrémité de ta vie, pour que tu me dises enfin ce que tu avais sur le cœur, pour qu'enfin, dans cet ultime tableau, on puisse se donner la main. Tout ce temps pour que deux de tes personnages, prouesse, miracle, pour la première fois, se touchent, se montrent des signes de tendresse, un peu de bonté l'un envers l'autre. Certes ils portent encore des masques, sont vêtus de blanc, engoncés, un peu gauches dans leurs costumes, mais pour la première fois, on se palpe, on se touche, nos mains s'accrochent l'une à l'autre comme des harnais en haute montagne. Pour la première fois un sentiment se fraye un passage, t'échappe, traverse l'avant-scène, s'intercale dans notre vie qui n'aura été nulle comédie, aucune rigolade, pas même un doux canular, juste une immense foirade.

Dans une autre de tes toiles, l'une des plus âpres, *Été dans la ville*, tu as peint notre naufrage comme couple. Inutile de mégoter sur ce que tu montres, aux yeux de tous, au grand jour : je suis assise sur le lit, triste, maussade, frustrée, et tu es allongé, sur le ventre, la tête enfouie dans l'édredon, moi étreignant le vide et toi le polochon, la literie ballante, la débâcle plus qu'évidente. La torpeur traverse la pièce, mais c'est une chaleur fade, maussade, une chaleur de prés qui suffoquent, d'étangs non drainés. On ne peut pas être plus éloigné de cette autre chaleur, celle du ventre, de l'entaille, ruisselante, celle qui grimpe au ciel.

Les deux fenêtres, à gauche et à droite, laissent à peine passer un courant d'air, la pièce est vide, pas de rideau ni de store, juste le ciel, bleu, dur comme une cuirasse. Le velours blanc de l'après-midi soupire un peu partout dans la pièce, il s'y prélasse comme sous un préau d'école, il a quitté ses vêtements, sa blouse fraîche, couleur paille. Ce blanc lui aussi rêve de berges, de saules chevelus, d'eau vive qui sautillerait sur les cailloux, du bouquet des mains lorsqu'elles te prennent, lorsque l'amour est pour de vrai, lorsque les murs eux aussi suintent. Ce blanc est celui d'une robe de mariée qui aurait été éconduite, abandonnée, là, sur l'autel même, avant même le oui je t'aime, pour le meilleur et pour le pire.

Le couple vient de défaire l'amour. Aucune gloire. Aucune victoire. La femme est assise, l'homme couché, tous les deux se disputent le sommier, chacun à sa façon, il occupe l'espace en longueur, elle s'acharne à le tenir dans sa largeur, les mollets plantés au sol. Il a les chevilles en l'air, comme des éperons qui savatent le vide, elle est évasive, perdue dans ses pensées, dans ce qui vient de se passer, ce qui n'a pas été, l'éclair, l'incandescence, le cœur qui flambe. Car les joutes et les poses, les culbutes et autres galipettes, les mains que l'on dégaine, ont disparu depuis belle lurette. Ne restent que les touchers âpres, nos têtes juchées sur nos cous, la chair molle, croulant sous la fatigue, vide de désir, de flûtes, de pincements au cœur, de hardi. Le désir, qui un jour butine, affûte, s'aiguise, a quitté le navire pour de bon. La lame est brisée, esquintée depuis des lustres, ils ont juste essayé une dernière fois, histoire de ne pas faire les bedonnants, essayé de raviver je ne sais quoi.

Certes ils n'avaient jamais été de grands flamboyants, des flambeurs, des ardents, mais maintenant c'est fini pour de bon, la corde a lâché, rongée jusqu'aux extrémités. Dans quelques minutes elle se lèvera, passera à la salle de bains, verra dans le miroir ses lignes, le tracé des épaules, sa nuque encore lisse. Elle regardera, sans trop y croire, ses seins, ses hanches, puis s'aspergera le visage, et de nouveau le miroir et cette femme qui depuis longtemps est entrée dans la haute solitude, celle dont on ne redescend plus. Et ses seins sont là, encore fermes, toujours glorieux, aux aguets, de beaux gaillards qui étaient faits pour les tétées, pour cet enfant qui n'est pas venu, mais peut-être est-ce mieux ainsi, lui non plus tu n'aurais pas pu le voir grandir, et j'aurais continué à être la chose à la puissance double, la chose d'un mari et d'un fils, ou d'une fille.

Alors la femme baisse les yeux, et reprend sa toilette, dans la pièce d'à côté ton corps se retourne, enfonce les lattes. Dans quelques heures on recourbera l'échine, la séance reprendra, comme si de rien n'était, on oubliera aussi cette nuit. Et tandis que les galaxies tournent, on fera comme si tout continuait, même si ça n'avance plus, la charrue est lourde, et les bêtes n'en peuvent plus de tirer, sans doute faudra-t-il s'arrêter, faire une pause, remettre tout cela au lendemain. Oui, la femme baisse les yeux, le drapeau en berne, et toi tu te retournes, enfonces le matelas, tombes de sommeil, tombes dans les abysses, rêvant du prochain tableau sans doute, de l'ultime coup de pinceau.

Les jours cinglaient, les nuits passaient, chacun dans son fortin, des bataillons d'heures, de mois, d'années, à quémander un bout tendre, à me défaire, à me liquéfier, à supplier un regard, et toi, avec tes gloses, triturant, malaxant les gouaches, appliqué à ne rien perdre d'une vie sans moi, à peindre le néant, *nada*, qui traverse nos vies, à craindre l'errance des planètes dans le ciel noir, à fouiller l'air avec tes pinceaux. Tes mains frappent la toile, comme les sabots des cerfs cognent la terre, elles scient, poncent, tranchent, brament. Peu à peu émergent les charpentes, les murs, les plafonds, une maison, amputée, pliée, repliée, scellée dans le silence, dans ce rien qui envahit tout comme des ronces, des mauvaises herbes, ce vide trop plein, cette lumière qui embrase au lieu d'embrasser, qui éteint au lieu d'allumer, piégée, enroulée, la maison est mise à nu, une aiguille plantée dans chaque œil, chaque fenêtre, une aiguille dans la paume des parois, car ici la lumière est cette douceur qui blesse, un amour qui se fâche, un amour qui s'en retourne, ne revient plus.

Les journées flottaient, comme des vagues à l'âme, les calendriers se serraient, pressés de ne rien faire, tournant en rond. Arrivaient alors les poussées des mois de mai, puis celles des étés, les ruissellements verts, jaunes, bleus, le soleil qui court, tonitruant, sur les pelouses, les ponts éclaboussés, les façades ravalées, les pincements des rayons sur les crêtes des toits. La lumière s'y écorche, cherche, fouine, fouille avec le museau un terrier, un creux, une fonte des neiges, un ravin où faire les quatre cents coups. Arrivaient alors les soirs, les coulées douces de la nuit, les étés en ville, les nuages se décomposant, striant l'air avec leurs lamelles effilochées, moutonnant comme des compotes de pommes. De ces soirs qui fouettent en mayonnaise l'œil blond du soleil ouvert en plein ciel, au milieu du front, sans attache ni reproche.

Notre chambre se transformait alors en fournaise. Débarquaient les grosses chaleurs, on ouvrait les écoutilles des fenêtres pour éviter d'être submergés. De la rue remontaient les dialectes, les volutes, les crissements de pneus, les hurlements des sirènes. La ville entière était quadrillée, faste et verticale, engorgée de bruits, le ventre ballonné, lourd, et, au-dessus, le ciel gavé d'orage, la plainte d'un monde qui ne savait pas trouver sa place. Le jour passait sur les toits, empâté de couleurs criardes, multipliant les touches, comme si lui non plus ne savait plus comment s'en sortir, comme si lui aussi voulait revivre, retrouver les élans des premiers moments, lorsque la vie désarçonne, jette à terre, lève au ciel, disloque l'âme, renverse le corps. L'amour, ou la mort, nous tombe ainsi dessus, comme un brigand de grands chemins, et renverse à jamais le cours tranquille, tiède, de nos vies, change la face de notre monde.

Nous voici, moi rassise au bord du lit, toi affalé de tout ton long. La journée s'était étiolée comme celle de la veille, et de l'avant-veille, exsangue, rance, une journée comme toutes les autres pleine de méandres. Cela faisait des mois que tu ne me touchais plus, me laissant en friche, pourtant pleine de pivoines et de mottes, parée pour les fourrages. Car j'étais encore jeune en ce temps-là, pas prête pour le placard, pour une vie menue, famélique. Ce que mon corps demandait était un bréviaire, pas cette aumône, pas cette prise sans emprise, ces reliques, ces lambeaux, une vie rabougrie, pugnace, bourrue, lisse, de fond de cave. Une vie qui serait comme un dimanche sur papier bible que l'on ne froisse plus, que l'on ne prend plus. Certes, je n'aspirais plus aux grands goûts, à jouir de beaux fruits, mais je ne voulais pas, tout simplement, que tu me glisses entre les doigts, que tu déguerpisses comme le dernier venu.

Ce jour-là, j'ai donc pris de nouveau mon courage à deux mains, tortillant des fesses, moulinant des hanches, la chaleur aidant, pleine de suffixes et de préfixes, de verbes et d'adverbes, refusant la fin de l'amour, entêtée, car on ne pouvait pas vivre comme cela, mijoter à petit feu, sans assaisonner un peu nos nuits, sans m'enfoncer en toi, et là, grouiller, grailler, piailler, et même hurler, mettre mon corps sous le tien, sur le tien, contre le tien, te tenir debout entre mes mains, te faire jaillir, tomber à la renverse sur toi, avec tout le poids, les quelques grammes de mon âme, te désarçonner, au milieu des bois et des crinières, des brames, des hennissements, des tremblements, bondir, aller de saut en saut, et repartir à l'assaut, même lorsque le corps n'en peut plus, qu'il s'écroule au milieu des mousquets, de la mitraille, de tous ces jours qui ferraillent, te dépècent au couteau, t'aortent, te sabrent, te traversent.

Les premiers mois tu te laissais faire, mollement, sans lèvres, les mains ballantes, aux antipodes de mes trouvailles, comme si tu avais été derrière un guichet de banque ou dans une salle d'hôpital, loin et ailleurs, tout sauf dans cette pièce avec une femme te dépeçant, voulant sa ration, si petite soit-elle, ou alors, pire, exigeant son grand soir. Tout sauf cette routine, ce menu ménage, ce sentiment de devoir accompli, ce ravalement de façade, une femme se faisant longiligne, estivale, tout sauf ce huis clos suffocant d'une vie de pot-au-feu, d'alpages, de ruminants. Alors, toute dame dehors, j'ai sorti le grand jeu, les roulements de hanches et de tambours, flamboyante comme un dernier juillet, les jambes nues, les chevilles en liberté, les seins offerts pour l'amarrage, et voici tes mains agrippées aux cordages, lâchant du lest, cherchant la grand-voile, voici tes mains enfin sorties de leur tanière, galopant comme des lapins.

On se laisse tomber dans le lit, à cru, sans honte, sans nostalgie, un instant heureux de retrouver nos corps d'antan, pressés de trouver le vivier, ou la porte de sortie. Mais, très vite, l'élan se brise, l'évier, le frigo, le plafond, tous nous regardent échouer, s'affaler, tomber l'un sur l'autre, sans ressort, allant, perplexes, à rebours, comme une crue qui se vide, comme un soufflet qui s'affaisse. Nous voici de nouveau comme dans le tableau, détachés l'un de l'autre, assignés à résidence, moi les yeux rivés sur le carrelage, toi, empêtré dans l'écheveau de tes pensées, ressassant ce qui s'est passé, ou plutôt ce qui n'est pas arrivé. Tout autour le silence crépite, le feu mou de la nuit, la montée des eaux, moite, âpre, d'un couple qui ne l'est plus. Autour, des steppes à perte de vue, les questions que l'on ne cherche même plus à démêler, des liasses d'heures qui s'éparpillent, tandis qu'ailleurs, la nuit batifole de plus belle, dans d'autres corps qui se cherchent, se trouvent, entrent dans les creux de l'un et de l'autre, s'épongent, se régalent, s'implosent, d'autres corps qui s'affolent.

Bien des fois, comme ces nuits au bord du lit, j'ai pensé remettre les compteurs à zéro, mais cela exigeait de grandes manœuvres, des opérations d'envergure, de trouver des compromis, partager les ventes, les chaises, les couverts, les tableaux, scinder nos vies en deux, astiquer le moindre recoin, à quoi bon, de toute manière qui voudrait d'une femme maintenant vieillie, de cette débâcle fripée, sans guêpe dans les yeux. J'ai baissé les bras, me suis résignée, je n'ai même pas cherché à dénuder mon ventre devant un autre, à franchir l'enceinte, chevaucher dans la lande, fixer une banderole sur le heaume, lancer la charge. J'ai juste baissé les bras, brisé la lance, laissé dérouler le temps, les années, de vulgaires bas résille qui filent, s'effilochent. Je suis alors restée prostrée, engloutie, bâillonnée jusqu'aux reins, ne sachant plus quoi faire avec mon corps.

Un couple cela tient d'abord au lit, ou à la table, ou les deux à la fois, assis, debout, couché, en un mot par le ventre, par-devant, par-derrière, sans chemise, ni pantalon, toujours à découvert. Pour durer il faut savoir mettre et remettre, changer les vaisselles, puiser aux sources, laisser les mains dévisser, les bouches se laper, se trouver, se culbuter, se faire friandises, résines, lyriques, se humer, multiplier en méandres, en brassées, en coulées. On découvre le lobe d'une oreille, le velours d'un nombril, et c'est le bout du monde, on mange à sa faim, goulûment, à l'arrache, le regard empli de violons. Quand on aime les bouches sont toujours blondes, comme des ruches. Mais là, rien, les abeilles ont perdu leurs ailes, la partition est hors de portée, pas même un sifflement de violoncelle, un bruissement de cuivres, rien de rien, toi, la cravate en berne, les chaussettes effondrées, moi, le regard flasque, remballant mes mains.

On se rappelle tous notre première fois. Mais nous ne savons jamais quand c'est la dernière, l'ultime jeté de drap, la vis du dernier baiser. On frappe déjà les clous sur le bois, bientôt ce sera la mise sous terre, et toi tu te surprends dedans, les yeux encore ouverts, la vie reléguée en lisière, au verso d'une lettre que l'on ne postera plus, qui n'a plus où aller, où rêver, qui aimer, qui étreindre. Tout a été si vite, est parti en un clin d'œil, pas le temps de faire un dernier tour de piste, de préparer la sortie. On se dissémine dans les jours, dans les impasses, dans les friches, le long des conteneurs, on dérape sur les dalles, on tombe, on s'affale. On meurt mais parfois les dents repoussent, les ongles s'allongent, les griffes s'étirent, on se remet à vivre, on se surprend à ne pas disparaître. Je n'ai pas eu cette chance, je suis restée avec toi, la vie a continué, un lent filet d'eau qui ruisselle, des vertèbres qui se déboîtent mais sans douleur, sans que tu t'en rendes compte. Je ne suis pas tombée à la renverse, je n'ai plus eu cette chance, tout est arrivé par mégarde, à l'insu de mon plein gré.

Au bord du lit, tassée, la gorge nouée, les fesses vissées au matelas, j'ai remis ma chemise de nuit, écoutant, distraite, le babil de la rue, supposant, soupesant, muette comme la pile des couverts dans l'évier. Tout autour la clôture, le ravin, la béance de la nuit, le couplet des minutes qui se répètent, puis les heures qui reviennent, des loups faméliques qui redescendent des montagnes, entrent dans la ville, grattent au pas des portes, lorgnent les vivants. Ton corps affalé, grand et long, un tronc inerte, la lumière entre d'abord menue, puis jaune, puis haute. Avec la montée des eaux du matin, le jour pointe le museau, vient, hume, s'étonne de nous trouver encore là, indemnes, au ras du bord, hors du lit, moi flottant dans ma chemise trop large, toi accroché à l'oreiller comme à un radeau, ta bouée de sauvetage qui elle aussi sombrera, ce n'est qu'une question de temps.

Je me lève pour reprendre le train cahotant de notre quotidien, les heures hachées, les repas partagés, sans joie dans le corps, mêlée, emportée, dans cette crue qui n'en finit pas de finir, cherchant en vain griffure d'un baiser, d'un éclat dans le regard. Dans l'immeuble on entend le bruit des portes qui claquent, des noix cassées. Un instant je pense à notre mariage, à nos gloires, à nos rires d'alors. Le ciel jacasse, heureux de se trouver là, le vent virevolte, les bois sont chauves, le tintamarre du jour s'est soudain tu. Nos vies sont devenues vieilles, branchues, bourrues, muettes, trop larges, sans troncs ni feuillages, comme si désormais l'hiver était la seule saison, avait pris toute la place. Et ce froid qui entre en moi, par tous les orifices, cette froidure qui se faufile jusqu'au fond des os, s'attarde sur la hanche, glisse dans le creux de l'aine, le haut de la cuisse, le froid qui fait monter les enchères, qui lui aussi devient hors de prix.

Je cherche une place dans la maison, pour rester, attendre ton réveil, au milieu de ce silence qui fait le dos rond, attendre que le bleu de l'air enfin entre par la fenêtre. Je suis désormais cette femme accoudée, qui regarde la vitre, cette femme dans la tiédeur de la journée qui monte. Le soleil se met à gambader dans les rues, pousse sa brouette, s'ébroue comme un poulain. Au pied de l'immeuble, le feulement des premières voitures, le flot des hommes et des femmes qui se déversent dans la rue, qui charrient leurs vies, remontent le cours des eaux, à la recherche, eux aussi, peut-être, sans doute, d'une nuit qui ne reviendra plus. La preuve du vide est le manque. Soudain il n'y a plus d'anicroches ni de bastingage, plus rien pour rompre la solitude, ni la lance d'un regard, aucun fantassin.

J'arpente ce qu'il me reste de terres, ce minuscule appartement aux yeux jaunes. Je pense à notre maison au bord de la mer, aux fragrances d'autres étés, aux grillons têtus, aux ciels fourmillant d'étoiles, à toutes ces vies que l'on a laissées filer, pour ne retenir que celle-ci, trop étroite, une vie de livreur de fioul, de facteur qui ne vient pas, cassée en deux, toi et moi chacun de son côté, pris au piège de notre solitude à deux. Je pense aux pas perdus dans les gares, aux toupies qui tournoient pour rien, à ces masses mollement vêtues, à cette femme, jeune, avide, taillée d'une seule pièce qui tournoie dans la nef vide. Elle ne cherche plus, ne trouve plus, il n'y a plus de voyage, il n'y a plus de printemps, elle a cessé de s'emballer pour tout et pour rien. Elle regarde par la fenêtre, le visage en pointe, quelque chose d'effondré la traverse, une pensée vacille dans son regard gris.

La ville entière est sans recours, balayée par le soleil qui éclate, qui dégoupille l'été, dans les rues, dans les couloirs, dans les rames de métro. Les portières s'ouvrent et se referment, de vraies volières avec leurs lâchers d'hommes. L'été est partout. Dans le mugissement des voitures qui vont et viennent, sans queue ni tête. Sur les affiches publicitaires qui crient, hautes en couleur. Dans le jus neuf de l'air qui se chauffe, se frotte aux ventres des femmes, entre leurs cuisses qui se tendent. Les hommes s'agitent, affûtent leurs museaux, hument le vent, ils font craquer leurs allumettes, le désir entre en eux pour y mettre le feu. Je le sais, ma sauterelle, tu ne peins pas ce monde pour mourir mais pour naître, pour aller au-delà de ton être, sentir les embruns, te vitrioler au vent.

De même, on écrit non pas pour vivre mais bien pour survivre, pour durer, perdurer, on écrit pour ajouter, à la vie vécue, une nouvelle vie, plus forte, plus neuve, pour s'inventer de toutes pièces une ruelle étroite, un crime parfait qui nous fasse enfin renaître, qui ne termine pas en cul-de-sac. C'est du moins ce que tu as pensé d'emblée quand tu as lu pour la première fois cette nouvelle ultime, parfaite, d'Hemingway, *Les Tueurs*, publiée en mille neuf cent vingt-sept et qui t'accompagnera toute ta vie, pour toi un chef-d'œuvre absolu, imparable. Tu en feras d'ailleurs une œuvre, une des plus appréciées mais aussi ton tableau fétiche, *Les Noctambules*, que tu termines en quarante-deux et que l'on vendra une fortune, trois mille dollars, une aubaine car on ne peut pas dire que l'on ait roulé sur l'or.

Je regarde de nouveau dans la rue, je peux voir des filles, un rien de viande sur l'os, qui klaxonnent des fesses. Elles affament du bout des dents, elles sont longues, soignées, à peine un sourire parce qu'elles savent ne pas en avoir besoin. Elles sont hautes comme des flûtes, aux aguets de la moindre œillade, de ceux qui planent comme des éperviers attendant de fondre sur elles, de tracer d'une seule balle un arrêt de mort, un uppercut en plein visage, ou alors, plutôt, là, en pleine poitrine. Ces filles, avec leurs heures de vol, avec leurs ruses, leurs regards de buses, savent affrioler. Elles savent ce que toutes savent, que le cœur des hommes est à prendre, qu'un seul regard suffit pour les sauver, alors ils leur emboîtent le pas, les suivent jusqu'au bout du monde, finissent par se casser les dents, les reins, et repartent, estropiés, balafrés, de plus belle.

Surtout les éviter, surtout ne pas se mêler à cette foule de filles, à ce flot, à cette glu, à ces cuissardes en fleur, elles, tout entassées dans les wagons, des machines de chairs, rouages, sueurs, pleines d'aisselles, bourrées de cuisses, retroussées, froissées, oblongues, n'attendant qu'un signe du destin, pour se précipiter, femelles, fluides, sur mon homme, se ruer sur lui avec leurs pieds, leur vernis à ongles, leurs corps de plus en plus jeunes, couvertes de redingotes toujours plus courtes, de jupes en cavale, de tombés dansants au-dessus du genou, des filles charpentées, avec des lacets à défaire, des boutons à découdre, qui se tiennent fières devant le créneau des jours, sans peur du lendemain, ni fioritures, qui savent ce qu'elles veulent, dès la première œillade.

Elles sont tout à la fois âcres et sucrées, prêtes à tout, passant d'un territoire à l'autre, franchissant les frontières pour venir jusqu'ici, au pied de mon lit, au cœur de l'été. Des années je les ai repoussées, les molosses, les fougueuses, les renversées, celles qui entrent dans le champ de vision et font irruption, éruption, comme des volcans, celles qui ne tiennent plus en place, qui implosent, qui se retrouvent à quatre pattes par terre, aux trois quarts dans le lit, frottent leur haut de cuisse, et là, la croupe regroupée, enfoncent les lignes ennemies, hissent le heaume, lâchent les éperons, prennent leur envol, à califourchon, vissées au centre, les yeux dardant des flammèches incandescentes, pleines de mains qui pétillent, en bas, sous leur ventre, toute leur forêt qui brûle.

VII

« Un livre doit être la hache qui brise la mer gelée en nous. »

FRANZ KAFKA

Je voulais vivre tout haut, sans détour, ni jours rapiécés. Vivre tout de suite, d'un seul trait, sans à-coups. Jouer avec tous les archets, tous les répertoires, et non pas ce menuet menu, cette vie de pot-au-feu, à tout petit feu, toutes ces années jetées par-dessus bord, ce bric-à-brac de moments décousus, fluets, étales. Je rêvais d'une vie qui aurait été à tous les étages plus belle que la nuit, infiniment plus foisonnante. Une vie de grand large, qui irait bien au-delà des biographies que l'on laisse derrière soi, des épluchures, des pelures, des fruits sans pulpe, des lettres mortes, des dates, des conjugaisons, des mots vains que l'on entasse comme des définitions, des formules qui s'accouplent, ricochent, se font lapidaires, étanches, alors que la vie, ailleurs, trotte de-ci de-là, et fait rouler le cerceau des jours.

J'ai passé ma vie avec toi, une existence entière à tuer le temps, à blesser l'éternel, à rêver de nouveaux départs, au lieu de chercher à me créer une nouvelle fin. Très peu de gens peuvent nous faire naître, seulement certains regards, à peine quelques visages. Très peu ont ce pouvoir d'aller nous chercher, de nous trouver, là où nous sommes vraiment, et de nous traverser ainsi, de part en part, au premier jet de mains, au premier coup d'œil. Ils nous renversent, nous jettent à terre, et aussitôt nous relèvent, nous élèvent, comme une moisson. Et alors, dans le tête-à-tête, dans le corps-à-corps, dans le face-à-face, on découvre que la mort n'est rien, qu'elle nous mange dans la main, plaquée au sol, engloutie comme une fiole, avec sa gueule cassée qui nous regarde, surprise d'être, avec sa prise, emportée au loin. Elle nous fixe, comme un cerf dont les yeux s'embuent, car elle sait que nous lui échapperons puisque nous avons vécu.

Je suis désormais seule, à achever une vie qui a été à peine la mienne. Seule à la remplir comme on le ferait pour un vase, un peu d'eau, beaucoup d'absence, à vivre entre tes toiles et si peu d'étoiles, à me prendre les pieds dans tes souvenirs. La peinture, ta peinture, a été au final une cellule, un donjon, avec ses geôles, ses chuchotements, et pourtant tu peignais droit, du cœur au cœur. Tu ne prenais pas de détours mais bien le chemin le plus difficile, un peu comme dans ce poème de Robert Frost que tu me relisais à tout bout de champ. Une peinture sans chandelier ni fioritures, du blanc toujours plus blanc, du pourpre toujours plus noir, tu peignais à l'ancienne, avec tout le grammage qu'il faut. Tu bondissais sur le réel, sur cette vie mal fagotée, et la ligotais au lasso, pour qu'un jour les autres la découvrent ainsi : à poil, sans fard, dans le nu le plus cru, et tandis qu'ils se redressent, les regards, ils en prennent plein la vue.

J'écris mes carnets, je note les riens, le pli, je cherche le mode d'emploi, pour m'en sortir, pour trouver enfin le passage. La chaleur par ici vide tout, surtout lorsque le soir s'éteint. Tu crois qu'elle va s'en retourner, mais elle reste, elle persiste. Je serai donc arrivée encore plus seule au bout de ma vieillesse. Je le sais l'atterrissage va être rude, il faudra sortir les trains arrière, chercher les balises, piquer du nez, ne pas louper la piste, et puis voilà, et puis tant pis. Je n'ai plus personne avec qui me taire, alors je tressaille, je rafistole, traînasse, trifouille, je mets des virgules à toutes les sauces, allonge les bras, remets la jupe en place. Les canicules reviennent traîner près de la maison, avec leurs jaunisses, leurs chaudes-pisses, elles farfouillent dans les sillons, se glissent entre les lattes, la maison ne tient plus debout, elle aussi voudrait passer à autre chose.

Nous étions, mon vieux, ces deux solitudes qui s'inclinaient l'une vers l'autre, partageaient les mêmes couverts, la même toiture. Mais je crois que nous n'avons jamais connu ce que dehors ils appellent le grand amour, celui qui te pince le cœur, te tord les cordes vocales, te diaphragme, te tripe, te myocarde. Le grand amour c'est celui qui te fait rouler sur le tapis, te défonce la poitrine, tu n'en sors jamais indemne, et c'est délicieux. Chez nous cela a été plutôt les vieux remorqueurs, de ceux qui tirent, qui pioncent à quai, fignolent, encore quelques échauffourées et puis, bientôt, les tisanes, les pains rassis, les gargarismes, fini les vocalises, on se braque, on fait avec le bric-à-brac que l'on trouve. Alors les cœurs deviennent gros et bourrus, ils trempent dans leur jus, et la routine fait le reste. On enchaîne, pépère, on est faits comme les rats, plus le temps de se renifler, de hennir. On se terre entre les cloisons, on creuse les digues, bourdonne nuit et jour, cafouille, rembobine, les broderies passent par-dessus bord, un matin il ne nous reste plus rien.

On est bien loin des grandes embardées, lorsque le corps se meut, s'émeut, lorsque l'on saute en selle, qu'on se met en mouvement, lorsque l'intelligence s'emballe, et que les deux ensemble, le cœur et le corps, battent en vitesse l'âme, de sorte que personne ne gagne, ni le corps, ni le cœur, ni personne, car tous arrivent en même temps. Tous vibrent, brillent, atteignent la même joie, à l'unisson, prennent les jambes à leur cou et, d'un bond, sautent par-dessus leur propre ombre, distançant tout ce qui sombre, tout ce qui est noir et pue la mort, tout ce qui est noir et tombe à terre, ne se relève pas, reste la gueule de travers. Rien de cela dans notre cas, pas de carrioles ni de baladins, de belles âmes qui se lancent de vaillants défis, chez nous tout a filé sur la pente glissante, dès les prémices ou presque nous sommes entrés en comptabilité.

L'ennui ne s'est pas fait attendre, ni prier. Il est arrivé en pagaille, bedonnant de partout, avec une ribambelle d'heures. Des heures de toutes sortes, de celles qui dérouillent, de celles qui boitent, qui ne peuvent plus prendre le large, qui restent là à mijoter dans leur jus. L'ennui c'est tenace, c'est cassant. Une fois qu'il vous accroche, il ne lâche plus prise, il prend ses aises, reste vautré dans le fauteuil, pique du nez, tousse, graillonne, ronchonne. Ensuite, il se pavane, gloussotte, clinque, tournoie, il bricole les heures, brocante chaque bibelot, les crampes reprennent de plus belle, on revient alors au fauteuil, on attend que cela grisonne, que la nuit remonte. Les écluses alors s'ouvrent, et c'est la montée des eaux, et l'on découvre, un matin, que l'on a mis, comme nous, quarante ans toujours ensemble, inséparables, intraitables, à se suicider à petites doses.

Le monde est une triste boutique, une plaine à reboiser, et non pas ces meubles à raboter, ce sol à savonner, ces tissus, ces chiffons, tout ce tohu-bohu de jours, d'années, qui sèchent, éhontées, le ventre à l'air, les tripes au soleil. Tu me le jettes à la figure à longueur de journée, l'intendance, l'arrière-boutique, c'est moi. Tu te renfrognes, te fermes à double tour, et pourtant tu sais que le ciel est pur, que la vie n'est pas ce vin aigre.

Dans mes carnets j'ai consigné aussi tout ça, la chair des lèvres, le retourné d'un regard, les bras qui brassent, qui embrassent, le dernier souffle, le premier cri, lorsque les corps se découvrent pour la toute première fois, lorsque l'on naît, lorsque l'on aime, oui tout cela je l'ai mis dans mes carnets que tu m'as un jour jetés à la figure avec tout ton dépit. Avec toi, le monde n'est pas à l'envers, il est à revers. Les heures ont les mains calleuses, les nuits s'ébrouent, elles toussent. Avec toi rien que des remous, rien que des bulles d'air qui remontent et crèvent à la surface lisse des jours.

Je trempe parfois les mains dans la fraîcheur de la mer, là-bas en contrebas. Je plonge les mains dans l'eau pour toucher, pour ne rien laisser mourir. Mais avec toi la vie se fait étale, elle ne houle pas, n'ourle pas. Cela fait des siècles que nos jours ne piaffent plus, les sabots en l'air, en plein soleil, des siècles qu'ils ne cravachent plus. Dans mes carnets, j'ai mis tout ce grappillage, notre vie commune à ne pas s'aimer, à se déplacer à tort et à travers dans tout le pays, nos vies de fonds de panier, à hisser les sacs de charbon. Dans mes carnets, le lit où l'on a rangé nos corps pour dormir, les nuits qui peu à peu ont rétréci, les jours pressés d'en finir, rapiécés, sanglés, la coulée des mois, des années, nos corps qui déplacent l'air autour de nous, qui se retrouvent, se croisent, se taisent, à coups de riens dans les reins, mon corps avec son creux où tu as cessé de venir, où tu as cessé de t'enfoncer, à vif, dans le chaud, mon corps sans parole qui t'attend un soir de juillet où tu ne viens pas, dans la touffeur d'un été qui crève en orage.

Au large, la mer, le vent qui épluche les falaises, avec les ans, mon corps qui s'épaissit, se tend, toujours prêt, mes jambes ouvertes, et, à chaque poussée, ce vide avide entre mes cuisses, cette mouillure où plus rien ne trempe, ne rit, ne gémit, l'air qui reste cru, que l'on mâchonne comme une litanie. On a beau faire, on en prend pour un bagne, on traîne ses boulets, on a beau casser de la pierre, se dire que pas grave, on se refera, très vite on n'a plus les moyens de rien, encore moins de jouer aux caïds, de rouler des mécaniques, de toute manière, les pistons, les percuteurs, tout se débine.

Les années tombent, nasillardes, elles aussi s'endimanchent, le mufle tiède, le ventre harassé par un long retour de couches. Elles deviennent dures comme des manches de bois, gainées dans des vies vieillies et froides, des vies déchues, coupées au pied, sans racine. Parfois ton regard glissait sur moi comme un gant. Tu reprenais alors la toile, pour y mettre ces couleurs qui chuchotent, des rouges tamisés, des verts sans amour, des jaunes frisés, décousus par les rayons d'un dernier soleil à bout de souffle, à bout de course, exténué, qui a trop duré, montant au ciel comme on monte à l'échafaud, sur le bûcher. Te voici comme tous les jours à ton chevalet, prisant les mailles du silence, une maison près de la gare, sa citerne, une station essence, la main posée sur le mur de la toile. Tu prends appui, te penches, manges dans l'écuelle des couleurs. Dehors, le ciel est bleu, étincelant, tu le délaves aussitôt, comme tout dans notre vie.

Au lever du jour, lorsque la nuit s'en allait découcher, les mots se faisaient eux aussi de plus en plus gras, bossus, usés. Ils roulaient sous la peau, s'agrippaient aux choses qui se dérobaient, cédaient enfin, s'ouvraient, se donnaient, s'écartaient. Les mots étaient ce corps que je n'avais pas eu et ainsi passaient les années. On continuait de remplir nos mains, nos bouches, nos estomacs, de mettre du foin dans nos ventres, à fabriquer de la viande, pour poursuivre nos vies bien rondes. Les étés revenaient, en bas sur la plage, les corps, avec leurs nuques roussies, leurs aisselles chaudes, de plus en plus jeunes, de plus en plus jaunes. Je les regardais rouler, rire dans les rouleaux, s'emmêler dans les vagues. Je devinais celles dont le corps n'avait pas servi aux hommes, et celles qui se donnent comme un fruit encore trop vert, qui se laissent farfouiller, font les prudes, celles qui brillent comme les lisières des bois, celles qui, brusquées, pilonnées, se dénuquent, trinquent, périment.

Dans la pièce d'à côté, tes mains s'agitaient, insulaires, intactes, elles traversaient les couleurs, brunissaient les coins, voyageaient dans les dédales. Tes mains allaient et venaient, laissaient leurs sillages sur la toile. La lumière était, elle aussi, au rendez-vous, tiède, bonne à vivre, à mi-hauteur d'un mur, elle raclait le fond de la gorge de la chambre, elle aussi chaude, enroulée, se faufilant partout, un vrai tueur à gages, un troupeau marqué au fer. La lumière tu la touillais dans tes toiles, elle vivait là, émasculée, piégée, poncée jusqu'au dernier atome. Il y a longtemps que tu as renoncé à cisailler les ficelles, les courroies, à escalader les palissades, à passer outre, à sauter par-dessus les murs, à bondir hors de toi, foncer de toit en toit, à vivre à vif, ne serait-ce qu'une fraction de seconde.

Tu as ainsi peint, près de moi, des maisons épurées, nues, vêtues, mais avec la vie en elles toujours qui s'absente, qui sèche au soleil, se fait lente, parfois boueuse, sauvage, pleine de groseilles, le torse droit, raide comme un cheval lancé au galop. Sur le porche, nous voilà tous les deux flirtant avec nos jeunesses, dans la douceur blanche d'une maison aux planches de bois. On est en mille neuf cent quarante-sept, c'est l'été, *Soirée d'été*, ainsi s'appelle la toile. On est adossés à la rambarde, tu viens de fignoler quelques aquarelles, les étoiles se tiennent derrière les barreaux, hors cadre, torse nu. Elles scintillent sans doute, heureuses d'aguicher, de montrer leurs pectoraux. La lune nous regarde au travers du hublot, curieuse de savoir comment notre discussion se terminera, prête à me voir boire le bouillon, à voir comment, une fois de plus, on s'égosille, on chahute, on carambole, la nuit sort ses couverts, elle aussi est affamée.

Nous voilà donc avec nos vies déjà sans vie, battant de l'aile, prises dans la nasse du silence moite de cette nuit d'été. Les couleurs sont rondes, autour la lumière grésille, la nuit se tait. Nous sommes tous les deux au milieu des verts, des bleus, des jaunes, pleins l'un et l'autre de chair, bardés jusqu'aux lèvres. Je porte ma petite robe rose, parfumée, sucrée, espérant que tu viennes sur moi, en moi, me pétrir, me feuilleter, que tu viennes me prendre par la main, entres dans la maison, m'emportes, pour faire parler les draps, pour connaître ensemble la poussée des reins. Le corsage glisserait au sol, laissant affleurer la peau encore neuve, et alors viendrait le va-et-vient, la houle ronde, avec tout autour la nuit ardente, pleine de chapelles, la nuit dardée d'étoiles, creusée à contre-monde, qui attend, tiède, dans l'odeur crue du jardin retourné, de l'herbe coupée qui sent bon. Mais rien de tout cela ne vient, on s'accoude, les mots cognent, les reproches pleuvent, le clavier éclate, une cascade de vieilleries, on joue cette partition que l'on a usée jusqu'à la trame.

La vie pourtant promettait d'être faste, fervente, ultime, mais ce ne fut pas le cas. Se sont succédé les jours à quémander, à jalouser, à se souvenir des rares nuits vraiment à deux, des souffles mêlés, des mots lents, des peaux en pentes douces. Dans le lit, nous nous regardions, pour nous souvenir longtemps, de tous ces bras, ces jambes, ces cheveux, ces lèvres. Nous souvenir à reculons, de notre viande avant qu'elle ne vieillisse, de nos yeux encore plantés d'herbes folles, de désirs, de nos mains se gavant à même le sol, nos corps éblouis, traversés, au milieu de cette maison mangée de fenêtres, un cabanon au milieu de nulle part, suspendu au-dessus de la nuit. On se cramponne aux souvenirs, on ramasse les morceaux, les boulons, les goupilles, tout ce qui peut encore servir pour raccommoder. On plonge nos pensées dans le cambouis, on s'épie de pièce en pièce, plante le regard sur les guéridons, les devantures, les corniches, sur tout ce qui repose, et là, alors, on attend que cela passe, se tasse, revienne à sa place, que la nuit elle aussi jette l'éponge.

Dans le lit, nous nous regardions pour ne plus jamais vieillir. Dehors les feuillages dansaient, emplissaient les fenêtres. Le soir était doux, la nuit noire, onctueuse. Les yeux baissés, nous voilà de nouveau raides comme des lances, parés pour nous pétrir, pour nous culbuter, à jamais, sans retour, comme le lierre enroulé contre la pierre. Dans mes carnets j'ai noté tout ce que j'ai pu, grappillé tous les instants qui n'ont pas fini de commencer. J'ai fait comme toi avec tes toiles, à coups de machettes, de pinceaux, de gouaches, de griffures, s'arracher à la mort, briquer les quelques heures qui nous restent. Il suffit d'une seule nuit pour ne plus jamais mourir, une seule heure de juillet pour avoir soudain en bouche le goût du plein été, la saveur d'un pré vert. Il suffit d'une seule fois pour que toutes les fois ne soient plus seulement des cuisses, des croupes, des hanches qui se chevauchent, pour que toutes les fois ne ressemblent à aucune autre.

Après nous avons vécu comme on a pu, au ras de la vie, passant d'un jour à l'autre, tournant les pages, en rase-mottes. Le temps s'est mis à rouler dans tous les coins, à faire des pelotes de poussière, de semaines, de mois, de saisons. On avait beau nettoyer, de la cave au plafond, récurer l'évier, frotter le bidet, les cuves, les heures ne restaient pas en place, cavalaient plus vite que leurs ombres. On meurt tous sans bruit, parce qu'un jour le cœur s'éteint, et alors ne restent que des traces ténues de notre solitude, un léger bruissement à la surface de nos mémoires, une éraflure, à peine un tremblement, une vibration. Là-haut le soleil poursuit sa course, il s'arrête en plein midi, pour boire, pour s'ébrouer, se cabrer. Le temps alors détale, lance ses ruades, lâche sa crinière, prend son envol et plus rien ne va l'arrêter dans sa course. Nos tentatives furent vaines, même dans la pleine gloire des ans, les années cravatent, fouettent jusqu'au sang, on grimace, on s'échine, on cherche en vain à sauver les meubles, mais le temps est là, il nous dresse tous, même les lions.

Tu voulais que l'on ne t'oublie pas. Surtout pas. Pour cela, tous les jours, tu franchissais la porte de l'atelier. Tous les jours devant le chevalet, tu laissais la lumière entrer, te couler entre les mains, se répandre en copeaux, partout dans la pièce. Devant la véranda la plaine se ruait vers les falaises, macérées, sciées, limées par les vents, découpées à vif dans l'épaisseur du monde. Les calendriers broutaient l'herbe des mois, été comme hiver on fermait les volets, on vivait dans le ventre vide de cette maison qui a été la nôtre pendant près de quarante ans, toute une vie. Le soir il ne restait plus qu'à dormir, à tenter d'ignorer la voix nasale du vent qui pointait ses cornes, tête baissée contre les falaises. Alors tes yeux immenses, d'un bleu perdu, eux aussi se refermaient, et ton corps roulait de côté, pour se blottir contre le mur, ton corps couturé, marqué, mangé par la maladie, me tournait le dos, faisant crisser le matelas.

Avec les années ta surdité s'était accentuée. À la fin, à plus de quatre-vingts ans, tu n'entendais presque plus rien, emmuré de plus en plus dans ton monde, les yeux noircis, les orbites creuses, toujours plus sec. Tu restais des heures dans la lumière crayeuse de l'atelier, dans ta solitude sans fin, à ton retour de l'hôpital, à bout de forces, tu marmonnais, répétais, maniaque, les idées de tableaux qui encore te traversaient l'esprit, et moi, je continuais de prendre les notes, comme s'il s'agissait de courses à faire, des procès-verbaux factuels. Tu as gardé, les derniers jours, ta chemise de couleur intense, ce bleu atlantique que tu portais déjà dans cet autoportrait des années vingt, lorsqu'on venait à peine de se rencontrer. Dans tes tableaux personne ne croise jamais le regard, tous les visages sont fermés, sourds à la présence de l'autre. Ils fixent toujours un ailleurs, comme toi, tous, eux aussi, absents au monde, comme s'ils vivaient également dans cette surdité grandissante qui a été la tienne jusqu'à la fin.

Fini, très tôt, les temps où l'on se guettait, se humait, se goûtait. Ton dos était devenu ce mur de graillons, impossible de le contourner, d'aller te retrouver de l'autre côté. Nos vies étaient ainsi, à l'écart du tourbillon des autres, toi, buté, absent, affairé à ton œuvre, moi glissant avec les heures, à la surface du monde, à l'écart de tout ce qui mord, prise dans une vie qui s'allonge, qui part en enfilade, des journées aux heures interminables. Les autres vivaient au loin, ailleurs, ensemble, allant, venant, trottant, autour, derrière, devant, comme des bêtes qui se découvrent, qui se hument, qui se ferrent, qui se mêlent les unes aux autres, s'entrelacent, se chevauchent, enchevêtrant leurs crinières. Mais c'était toujours à distance qu'ils s'agitaient, flottant comme des mirages, pleurnichant au ras des trottoirs, vadrouillant comme des buées lointaines.

Quelques jours après ta mort j'ai mis le tablier, j'ai tout nettoyé, décapé, récuré, toutes les traces de toi, de peinture, l'odeur même de la maison a viré au rance, elle s'est émaciée. Ensuite j'ai fermé un bon nombre de portes, de fenêtres, j'ai tiré les rideaux, condamnant une grande partie de la maison, laissant seulement la cuisine et la chambre à l'écart de ce dernier remue-ménage. Je vis maintenant à l'étroit, avec le temps jeté à mes trousses, pressé d'en découdre. Je me souviens de ces brefs moments, lorsque nous le faisions, que nous nous chevauchions à nos débuts, lorsque le temps détalait, se dissolvait dans l'acide, dans la bassine de notre joie alors si jeune, lorsqu'on se soulevait l'un et l'autre, l'un dans l'autre, nous désarçonnant. Qu'il est loin maintenant ce temps des commencements, des lâchers de ballons, lorsque le vide n'a pas encore frappé à la porte, qu'il se tient à carreau, à l'écart, à l'affût, mais déjà renifle, prêt à surgir et, une fois arrivé, ne lâche plus prise, ronge son os jusqu'à l'ultime jour, jusqu'à en faire une rognure.

Sur la fin, nos existences ont été balayées en coup de vent. Elles sentaient le rien, comme tes toiles, les placards encastrés, les bois serrés, des nuits entières roulées en boule, et, partout, dans tous les coins des jours, entre les planches, de la sciure, partout nos yeux ouverts sur ce rien qu'étaient devenues nos vies ensemble, ce rien lui aussi rêvant peut-être à ce soir de juillet quand l'été entrait en nous et nous déshabillait de haut en bas, quand nous restions ainsi, le museau collé entre les jambes, les mots roulant dans nos têtes. Tout autour le silence des bêtes, des arbres, des choses. Tout autour la nuit festonnée d'étoiles, noire, âpre, serrée, comme un café fort, la nuit qui serre fort sa poignée de main et que l'on ne veut plus lâcher. Dehors les arbres charnus qui se vissent au sol, la forêt qui reprend ses aises, avec partout des giclées d'herbes, les prés qui s'engraissent, les nuages qui accrochent leurs cintres, le vent qui prend le jour par la ceinture, et qui rêve d'une dernière culbute, d'un dernier soir, d'un ultime baiser qui serait comme un éperon en pleines lèvres.

Sous le porche de la maison il ne reste plus rien, seulement des touffes de dahlias fripées, des géraniums qui pendent, brunâtres, entassés, pitoyables, piétinés, mastiqués par les saisons. Je retourne à ciel ouvert, dehors l'air s'obstine, macule, perdure, il est blond comme au premier jour, comme ce premier soir, quand nos existences n'étaient pas encore engoncées, prises dans ces corps de plus en plus raides, de plus en plus secs, discontinus. On ne savait plus comment fleurir, comment se toucher, comment se traverser, le vide se multipliait, nous cernait. Il nous cherchait sans relâche, nous serrait la main, la gorge, le poignet, nous emportait, par gros temps, roulait sa bosse d'un bout à l'autre du ciel ébouriffé.

Mes mains sont posées à plat sur mes genoux. Ce sont des mains presque jeunes, les ongles carrés, coupés au ras de la chair, des mains qui ne servent plus depuis longtemps, toutes plissées, pleines de grumeaux, tachetées sur les revers, des mains sans remèdes, ourlées, inutiles. Les poignets, eux, sont de plus en plus charnus, ont pris du poids, les courbes ont piqué du nez, se sont affaissées. Je ne reste jeune que dans tes toiles, le visage au soleil, ou sous ce porche, à minuit, dans l'air frais qui joue, qui valse, qui s'emboîte contre nos corps. L'amour est ce pas de deux, cette étreinte, cette chevauchée, qui ne sont plus que souvenirs, des big bangs anciens, ne restent de notre couple que les endormissements, les lunaisons, les chardons, les cailloux, nos corps inertes, l'un à côté de l'autre, endeuillés de vies non vécues, seuls, inaccessibles.

Nos repas se prenaient en silence, toujours seuls, jamais d'amis. Avec le temps les conversations se sont aussi taries. Au début on parlait de tout, sur la fin à peine, on sirotait la pluie et le beau temps. Aussitôt entrés dans les mots on en sortait, avec des brouettes de phrases mal finies, à peine essorées. Les palabres se sont engourdies, décousues, de fil en aiguille, parfois elles se faisaient méchantes, aiguisées comme des faux, s'affûtaient comme des lames pour piquer à vif. Lâchées à chaud, on y suffoquait, parfois elles blessaient, de vrais râteaux en pleine figure. Parfois elles cognaient, les coups alors pleuvaient, eux aussi, drus, dévalant les pentes, fracassant les talus, les côtes, la mâchoire. Plus d'une fois je suis restée le visage éberlué, plein d'hématomes, de striures, toute barbouillée de mauves, d'écarlates, de rouges profonds comme des saillies.

Les mots nous sortaient d'entre les dents, en voix de gorge. Ils déferlaient, c'étaient des rivières qui débordaient, en crue, un éboulis d'insultes, de troncs, de roches, de débris qui emportait tout sur son passage. Puis c'était de nouveau le calme plat, la steppe pelée, la crue se dégonflait et la vie continuait sa course morne, en pente douce. Nos corps s'enfermaient en eux, cadenassés, moulés dans de longs silences qu'on peinait à rompre, de vraies huîtres mais sans sel ni mer. C'était alors nos yeux de veau qui cherchaient à s'éviter, la vie lente, sans à-coups ni éclats, la vie comme une remontée acide dans la trachée. Les ventres gargouillaient, les abdomens tombaient, des doigts recourbés, arqués, crispés. Les tendons restaient pris dans la nasse de l'arthrose, la vieillesse entière nous jetait son mors, tirait sur le harnais, nous bridait une dernière fois, d'un coup raide.

Parfois on s'agitait, on remuait les meubles, on farfouillait dans les armoires, puis, apaisés, on revenait se tremper dans l'air tiède sous le porche. On restait dans ce coin d'été à regarder les nuages mordiller le ciel, puis galoper, d'est en ouest, dans un lâcher de couleurs à peine croyable, fouettant l'air de rouge, de rose, de fuchsia. Les arbres, époussetés, embrassés, soulevés, soudain se figeaient, comme si le temps ne voulait plus passer, éreinté par la course, lui aussi usé jusqu'à la corde. Sur la fin de nos vies, à l'heure chaude du jour, ou alors juste après la sieste, on prenait notre verre de menthe sous la véranda. Sur le ponton, accoudés à la rambarde, on épuisait nos derniers instants ensemble, tandis que les arbres, ébouriffés, hirsutes, nous regardaient dans le blanc des yeux.

L'après-midi jaunissait à petit feu, puis la nuit arrivait, elle coulait le long des collines, sortait du bois, se tordait de douleur, se pliait en deux, comme une femme qui va mettre au monde. On rentrait alors sans faire de bruit, on rentrait comme le font les bêtes à l'étable. Dans la chaleur tiède, on se déshabillait, chacun dans son coin, on remuait le foin des draps, cherchant la délivrance du sommeil. Tu finissais par te retourner, par t'enrouler autour de l'oreiller comme une limace autour du hameçon. Tes pieds labouraient le fond du lit, les coups de savates partaient dans tous les sens. À chaque secousse, le sommier crissait, les lattes croassaient, nos jambes pataugeaient, sans se mêler, sous les draps. La nuit ouvrait alors son clapier, ses yeux, ses narines, impossible de trouver le sommeil. J'avais dans la bouche ce goût de fer froid, de calcul mental, à côté tes mouvements de bassin, d'épaules, de bras, toute ta carcasse s'agitait sans arrêt.

Le plus difficile n'est pas de dormir seule mais à deux en étant seule. Dormir sans dormir. Se trouver à quelques centimètres l'un de l'autre, à quelques effractions de seconde mais qui sont infinies, autant d'années-lumière. Alors les souvenirs de l'enfance remontent à la surface, les choses de la vie, celles qui serrent la gorge, celles qui coulent de source, qui nouent, qui ne lâchent pas prise. Au début tout glisse, toi et moi sommes ce couple de patineurs, assortis, brillants, costumés, serrés, corsetés, la jupe s'envole, nos corps prennent leur élan, montent, retombent, tandis que toi, mon cavalier, les cuisses dures, tu me tiens par la ceinture. Je suis alors ta partenaire, celle, élancée, que tu jettes en l'air, les bras écartés, celle qui s'envole comme un milan au-dessus des crêtes, tandis qu'en contrebas les falaises harponnent le ciel, entrent dans sa chair. Nos bras brassent, nos lèvres s'embrassent, nos jambes se tendent, tous les deux nous cherchons l'extase, nos corps s'incurvent, s'allongent, vibrent, on devient danseurs étoiles.

Les cimes sont alors belles et blanches, on enchaîne les doubles piqués, les triples sauts, les axels. Au début on ne peut s'empêcher de rêver, de se laisser traverser comme un éperon, de vivre à vif. Puis les figures s'enchaînent, on perd pied, la glace se brise, encore quelques années et les paillettes, les podiums, les médailles autour du cou n'y changent rien. On tombe, on se redresse, on n'en peut plus, on jette l'éponge, les corps se disloquent, s'écartent, se perdent de vue. Puis un jour on montre les crocs, on rajuste les pots de fleurs coincés entre les barreaux des fenêtres, on arrose le potager derrière la maison. Les légumes, luisants et raides, se regardent incrédules, parfois on prend encore le thé sur le perron, l'air est doux comme un dessert un peu sucré, déjà presque rance. Les jours se suivent, s'empilent comme du linge propre, les étagères se collent les unes aux autres, on se regarde sans faire ses valises, sans oser se quitter, sortir de cette vie dont on ne veut pourtant plus, ni toi ni moi.

Nous le savons, chaque jour est pour toujours, tous les matins du monde sont sans retour, c'est ainsi. Dehors les jours s'allongent, le printemps revient, le soleil plonge son poignard dans la cuirasse, agrippe la chevelure blonde. Les ciseaux brillent, le vent pose son visage sur le ventre de l'air qui s'endort comme un enfant sur ses genoux. Dehors le monde continue de tourner, lent et vaste, la terre est une orange, la vie brille comme un orage. C'est une langue que l'on ne comprend pas, sans borne, sans chaîne, elle continue sa farandole, glousse, piaille, cabriole, ne cesse d'aller de l'avant, même si nous, derrière, on ne suit plus, même si on est à la remorque, déjà éreintés. On voudrait se délester, mais de quoi, tout ce vide, ce trop, ce rien.

On ne suit plus car déjà on se trémousse sur les brancards, on gesticule, on claironne, on gondole, à peine plus chauds qu'une bouillotte. On tourne en rond comme des toupies dans tous ces jours sans remous. On vivote dans les semaines qui clapotent et craquent, s'empilent en tas d'os. Et puis un jour on lâche prise, le ciel cesse de crépiter, les torses jadis nus, brillants, ivres de pluie, se retrouvent soudain plus secs que des troncs. La lumière nous piétine les épaules, les forêts se mettent en berne. Un jour la vie cesse d'aller par sporades, à la maraude, elle monte se coucher, pour ne plus se relever. Un jour la vie cale, la vieille bourrique rend l'âme.

VIII

« C'est comme une carte à jouer.
Des toits rouges sur la mer bleue. »

PAUL CÉZANNE

Ce matin je me suis mise à ranger les décombres. Dans toutes les cloisons, toutes les planches, reste l'odeur accrochée, tenace, des tubes de peinture, de la gouache. J'ai mis les spatules de côté, les pinceaux dans les tiroirs, j'ai décroché ta dernière toile du chevalet. Sur les cintres qui pendent sous l'escalier, tes pardessus continuent d'attendre, comme le font les boîtes de chaussures, les clés dans les tiroirs, les herbes devant le porche.

Tout est là, mais en plus vide. Les planches marchent sur la corde raide, avec, de chaque côté, le ravin, l'oubli. Ce n'est pas seulement toi qui n'es plus là, ce sont toutes les choses qui ne sont plus à leur place. Les meubles se sont recroquevillés, tassés dans leurs coins, eux aussi ils boudent, ne savent plus quoi faire, où se mettre. Toute la maison est devenue une marmite où les heures mijotent.

Je prends mon café chaque matin, comme avant, mais plus rien n'est comme avant. Je regarde le parquet qui tire maintenant vers le jaune, les placards eux aussi brunis, leurs ferrures de cuivre ont roussi, les couleurs des tapis sont éteintes. Dans les armoires il y a encore tes chemises suspendues aux tringles, elles se balancent lorsque je passe mes mains sur elles. Je cherche ton corps qui les emplissait, qui y vivait. Je suis encore plus seule qu'autrefois, du temps de nos vies ensemble, lorsque l'on était seuls à deux, entre nos deux visages, nos quatre mains, nos trois fois rien.

Alors je tourne les pages, effeuille le livre des heures. Je reprends un café, encore plus noir. Je m'affale sur le divan, bêche l'air, j'ai les mains trouées, le cœur aussi, je me déchire sans fin. Sur les étagères du salon les choses s'entassent, elles non plus ne savent plus où aller, quoi faire. Sur les rayonnages du bas, nos disques, à côté l'électrophone fermé, avec ses boutons d'acier guilloché. Par la fenêtre ce sont toujours les mêmes bouts d'arbres, avec leurs bras ballants, arqués, eux non plus ne savent plus où se mettre, ils restent cloués au sol, les lanières prises dans les nuages. Tout dans cette pièce est brun, ocre, fauve, jaune, des couleurs édentées, un peu passées, elles aussi à bout, fatiguées. Même les reliures des livres ont perdu leur lustre, la lumière continue à entrer à flots dans les pièces, mais elle n'a plus d'entrain, plus d'élan, elle se jette au cou des meubles, roule sur le parquet, dépitée, sans âme.

Écœurée des charmes poisseux du salon, je mets les voiles, et retourne à notre chambre qui n'est plus maintenant que la mienne. J'évite ton atelier autant que je peux, encore quelques heures, je feuillette un livre que je ne finirai pas, je contemple le vase où je dispose désormais des bouquets. Avec toi les fleurs c'était peine perdue, tu ne m'en offrais jamais, trop flamboyantes, les yeux trop pleins de ciels. Mais ce vase, maintenant fleuri, ne me parle que de ton absence, il est là, posé sur la table basse, vaine tentative pour égayer la pièce, car c'est encore de ton absence qu'elles me parlent, ces fleurs. Une fois épuisés les craquements du lit, je reviens vers la cuisine, et me prépare un déjeuner, un dîner, parfois un goûter, tous les aliments sont insipides, dans l'évier les tasses, les assiettes, les couverts s'entassent, à quoi bon, la cuisine déjà exiguë rétrécit à vue d'œil, devient encore plus chétive. Les lézardes sur les murs ne cessent de s'agrandir, je ne les repeindrai pas, pour quoi faire, à quoi bon.

Dans ton atelier, tout est resté tel quel, le chevalet, la pâte sortie des tubes qui est maintenant dure comme de l'écorce. Lorsque je dors, que je suis éveillée, je ne cesse de te croiser, j'oublie encore plus le monde acharné à tourner. Mais ici, dans l'atelier, c'est intenable, j'hésite à m'asseoir, à rester debout, je renonce à poser les bras sur les accoudoirs du fauteuil. Sur la salopette jetée à même le sol, des taches de peinture, autant d'écorchures solidifiées. Mes yeux viennent se poser sur le tranchant de la table, s'accrochent aux angles, au tabouret. Le sol est encombré de pots, de crayons, de pinceaux, jetés pêle-mêle. Partout la lumière rampe, tapisse le sol, elle fait briller le bois comme le dos d'une carcasse, se cogne contre le torse débraillé des murs. Les minutes s'enchaînent, je pivote sur le tabouret, fixe les toiles retournées contre le mur, elles sont de dos, avec leurs peaux sèches, écartelées par les croix des châssis.

Je sors prendre l'air, et lézarde sur la terrasse, grillée par le soleil. Dans quelques années tout ici sera périmé, tout perdra pied, les ronces passeront par-dessus la rambarde, les volets perdront leurs gencives. La toiture s'affaissera, parce que la vie aura tourné pour de bon la page, qu'elle sera partie ailleurs jouer à la marelle, sauter à cloche-pied, de case en case. La vie est cette gamine, les lèvres retroussées, poussées, relevées, qui un jour t'enlace, puis aussitôt se lasse. Les jours alors s'éparpillent, les années essaiment, et, au final, le saut à l'élastique se rompt, comme par magie, la gamine a vieilli, d'un seul coup, en un quart de siècle.

Quand j'étais petite, ma mère faisait des entailles sur le contreplaqué de la buanderie, chaque année une de plus. On pouvait ainsi voir monter les eaux des années, par strates, les lignes s'empiler les unes sur les autres en mille-feuille. Nos entailles à nous auront été ces toiles, tes journées à boxer avec la peinture, à piétiner l'atelier, à cracher ta bile, ta rage froide, à parer, donner, recevoir chaque coup de patte. Je reviens dans la maison, ouvre le robinet de la salle de bains, me regarde dans le miroir, j'ai le visage plein de traces de fusain noir, il est temps de faire quelque chose, douchée, séchée, rhabillée, je reviens dans l'atelier, dehors le jardin se remet à bruisser, les oiseaux à piailler, le vent cherche à ferrer un nuage esseulé.

Je range, je ponce, je trie, je découpe les articles dans les journaux, toutes ces tirades sur toi, ta vie, ton œuvre, tes chefs-d'œuvre. Dans le débarras, tes petits formats, au sous-sol, les grands. Car il faut bien se rendre à l'évidence, tu resteras immortel, inoublié, inoubliable. On t'accroche déjà un peu partout, dans les musées, dans les collections privées, sur les couvertures des magazines, les cinéastes te vénèrent. L'été, comme avant, comme après, je continue à éplucher les légumes, à gratter la terre, à regarder au loin. Sur la route, parfois, une voiture passe, se précipite vers l'horizon, laissant derrière elle un nuage de poussière. Je pense à ma vie, à ce trou, à ce fossé, à toutes ces années qui s'embrouillent, se fripent, ne savent où donner de la tête. Avant de te connaître j'ai eu mes flirts, mes saisons, je mettais des voyelles à toutes les phrases, je faisais mes manières, je courais après tout ce qui roulait et rutilait.

À présent me voilà seule, avec ma mémoire, mes dés à coudre, les tiroirs qui n'ouvrent plus, les portes qui ont cessé de claquer, ma vieille peau qui a cessé de rire. Un jour je découvrirai une lettre, écornée, rapiécée, des mots d'amour séchés, comme ces fleurs entre les pages d'un livre. Un jour je serai libre, et notre vie à deux ne sera alors plus qu'un souvenir qui s'en est allé. Pour l'instant je tiens bon, ma vie consiste à atteindre la prochaine nuit, à durer jusqu'au printemps suivant, à fourrer mes mains dans les baies, traverser la mitraille des heures, à surtout ne plus perdre une seule bataille.

J'ai manqué de tout, de courage, de liberté, d'audace, un coup de fouet qui puisse me réveiller. Désormais la vie est passée, elle a viré à tribord, ma barque prend l'eau de toutes parts. Je traîne dans cette maison, me cogne aux lampions, m'accroche à la rampe d'escalier, poussant le peu de corps qui me reste, comme une brouette rouillée. J'ai les mains recourbées, de vrais fils de fer barbelés, les jambes en escabeau, elles aussi mal fichues. Mes bras s'empilent sur mon corps qui peine à suivre, à se mettre en mouvement. Le temps a dévalé la pente, plus rapide qu'une averse, les jours se sont affaissés emportant toutes les rives, tous les ravins. J'ai du mal à respirer sous cet amas de gravats, je manque de souffle, l'air se brise en copeaux, comment sortir de cette maison, de cette vie pliée en quatre, bien rangée, enterrée dans ce lopin de terre où plus personne ne vient ?

Les visites, du temps de tes toiles, étaient espacées, au compte-gouttes, et toujours pour la même rengaine, célébrer tes podiums. Il y a même eu quelques cinéastes qui ont déboulé, fascinés par tes tableaux. Pour eux autant de moments à l'arrêt dont il faut imaginer un avant et un après, comme dans les scènes de crime. Avec tes vues plongeantes, ton sens du montage, tes travellings et panoramiques, pas étonnant qu'ils se soient empressés. L'un d'entre eux, le plus bedonnant, l'Alfred, fit même de la maison de son film *Psycho* une réplique fidèle d'une de tes mansardes hantées, celle haut perchée, abandonnée au bord des rails.

Et puis il y a ceux qui ne sont jamais venus. Même si tous les deux, chacun à votre manière, vous avez plus que tout aimé la lumière, Mark Rothko, de vingt années plus jeune que toi, n'a jamais daigné pousser les portes de notre atelier, pas plus que toi les portes du sien d'ailleurs. Et pourtant ses larges fenêtres de lumière, tels des vitraux de chapelle, n'étaient pas si loin de certains de tes coups de pinceau qui étalaient les taches comme le faisait Cézanne, ce peintre que tu avais tant aimé, vénéré, tes premières années. Tu aurais pu faire un effort pour le saluer, ce Mark dont tout New York parlait, cela ne t'aurait rien coûté de lui dire bonsoir, lors de la soirée dans l'appartement près de Central Park de nos amis Barbara Novak et Brian O'Doherty, mais, non, tu as préféré rester collé à ton sofa et bouder, là, toute la soirée, comme un ours mal léché.

À présent plus personne n'ose pousser cette porte, à quoi bon puisque tu n'es plus là et qu'il ne reste que moi, qui ne compte pas. Mes muscles se replient, débordés, écrasés, ils ont renoncé, fini les escarmouches, les charges, tout ici se disloque, tombe à la renverse, patauge. Je dilapide mes derniers jours, jette la monnaie en l'air, pile ou face, peu importe, je tire sur les sangles, d'un coup brusque, improvise un jadis que jamais nous n'eûmes, enjolive pour le décor, pour ces journalistes qui me posent des questions comme si c'étaient des pièges à loups, s'ils savaient ce que cela coûte de n'être plus personne, d'avoir eu à endosser ce rôle mal fichu.

Un pas de deux. Ainsi devrait s'intituler notre histoire. Notre chorégraphie pitoyable. Deux pantins désajustés, l'un trop grand, l'autre trop petit, nos corps qui n'ont jamais réussi à s'imbriquer l'un dans l'autre, à s'ajuster aux creux, aux angles. Une vie à deux mais seuls. L'amour est une question de viscères, de boyaux, de ventres, de terroirs qui se hument, d'aisselles qui se retrouvent, qui ruissellent, pas cette salade fade, avalée sans faim. L'amour ce sont des lèvres qui fermentent, des corps qui coulissent, tout sauf ce ressac, cette diète, cette famine. On ne tombe pas amoureux, l'expression est pitoyable, on se lève : on s'élève. L'amour n'est pas une chute, quelque chose que l'on culbute, qui trébuche, qui se prend les pieds dans le tapis, c'est au contraire la lumière qui nous saisit à la gorge, et nous fait briller de partout, les yeux prennent feu, le cœur lâche ses juments, sur tout le visage on peut voir les pupilles brûler comme des torches.

Cette lumière tu l'as cherchée dans tes toiles, dans les fissures des murs, dans les averses obliques, à travers les fenêtres, partout, ailleurs, dehors, partout sauf en moi, partout sauf en nous. Comme dans *Soleil dans une chambre vide*, une de tes dernières toiles, la plus emblématique, terminée en mille neuf cent soixante-trois. Elle est d'une vérité impitoyable, et résume tout à la perfection : le soleil éclaire les murs vides, la pièce est entièrement dépeuplée, totalement sauvage. Le vide est tonitruant, partout, il a fait son nid, ne restent pas même les souvenirs accrochés aux parois, aucune trace de meuble au sol, nulle pelote de poussière dans les recoins. On n'entend rien, pas même le râle d'une chaudière, le clapotis d'un évier, un peu partout des pans mauves frétillent, se tordent, se lovent, les couleurs sont molles, butent contre les angles, elles aussi voudraient s'échapper.

L'amour est tout le contraire de cette pièce, sans mouvement. L'amour est un principe actif, il ferraille, monte à l'assaut. Il est ce trop-plein de courage, se hisse hors de la tranchée, suinte de partout, avale les arbres, efface les jardins, gomme, broie, fait renaître, même si on était mort avant l'heure. Ma vie a été faite de crissements, de craquements, de feulements, mais toujours je suis restée dans mes gonds, attrapée avec toi dans cette maison aux volets disjoints, aux portes entrebâillées, ces fenêtres sans fond qui nous regardaient vivre à petit feu, pris tous les deux dans l'étau de ces murs. Le piège aura été de t'avoir rencontré, de s'être laissé attraper par une vie qui n'a pas été tout à fait la mienne. Je me suis laissé défaire, tu m'as prise, par la main, par les hanches, pour ne plus me lâcher, je suis restée marquée au fer rouge, la peur au ventre, passive, sans élan.

Dehors l'orage continue de rouler, les collines pissent de toutes parts, noyées sous la pluie battante. L'eau passe sa langue sur les pentes, lèche l'entrejambe, de haut en bas, de droite à gauche, brutale, épaisse, lourde comme un homme qui s'abat de tout son poids, avec toute sa chair. La pluie tombe, avec son bruit d'évier, pliée en mille, s'abat sur le plancher, se tortille comme une bête blessée, rétive, malingre, elle fait ses manières, ne veut pas qu'on l'enfonce, qu'on la hache menu, comme de la viande à quatre sous. Les rideaux sont nus, ils refluent avec la marée, le jour pointe alors son museau, il vient, fidèle, me lécher le front, le nez, la joue. Une autre nuit est passée, à faire semblant, à dormir sans dormir, l'après-midi qui vient, sourd de toutes parts, aussi reflue, cède peu à peu sa place à une énième nuit, qui me prend, m'entraîne, un vrai rodéo.

Je suis restée, des années durant, à l'extrémité de moi-même, regardant ce corps se déplacer, répétant les mêmes gestes, laissant passer ma vie en débandade, brutale, sans appel, incapable de juguler ce temps qui s'effritait en mille morceaux, qui m'a engloutie dans son oubli. Je me suis mise à radoter, à répéter mes manies, à raboter les jours, à manger sans faim. Je me suis mise à vivre avec ce vide autour qui s'est approché, toujours plus près, s'est éloigné un peu, histoire de me surprendre. Il est là, collé à moi, me hume, me pousse avec sa gueule blanche, me longe comme une rivière toujours plus noire. Je me suis mise à mimer la vie, à flirter avec elle, à feindre de redevenir herbivore, me suis acharnée à renoncer à la chair, à déglutir les intervalles. Maintenant il ne me reste plus de chaloupe à mettre à la mer, plus d'écluse pour endiguer les crues.

Il y eut des tentatives. De larguer les amarres. De lâcher prise. De se laisser emporter. Mais toujours les mots manquaient, ou alors se faisaient rudes, et les jambes lourdes. Prendre son courage à deux mains et l'étrangler avec fermeté, de toutes ses forces. Parfois je me suis cabrée, j'ai tenté de battre la campagne, de filer à travers champs, mais toujours tu jouais ta partition, tirais de nouveau sur la bride, faisais vaciller l'attelage. Attachée, tenue, enserrée, on s'est laissé emporter dans la quarantaine puis la cinquantaine, et ainsi, de décennie en décennie, résignés, empêtrés, brisés, on s'est laissé absorber par les couchants. J'ai glissé hors du temps, hors d'atteinte, hors d'attente. Les printemps ont continué de jaillir, une vraie folie de fleurs, des lilas, des tilleuls, partout, débordant tous les vases. Le monde a continué de bruisser, de frémir, d'onduler, et nous ici dedans, attrapés, engourdis, saisis à la gorge, tandis que les autres célèbrent, dansent, hissent les voiles, se laissent faire, se boutonnent de travers, ondulent devant les vitrines.

Dehors c'était la gloire inouïe de la vie qui s'enroulait aux corps, la vie ourlée de vert, écrasée de jaune, qui fourmille, qui feule, qui roucoule, se colle, visse les uns aux autres. Moi je buvais tous les bosquets, je cisaillais tous les talus, j'épiais chaque soubresaut du jour, de plus en plus seule, de plus en plus isolée, toisais du haut de ma vie de plus en plus minuscule. Elle était devenue une ombre qui ne me lâchait plus, qui avançait sa mâchoire, tournait en rond autour de moi, prise dans la nasse, recluse, dépourvue d'allumage, éteinte, revenant sans cesse comme une toupie dans les mêmes jours. Je vivais ainsi picotée par le bec d'un oiseau, un rapace, ou alors un corbeau, en tout cas piquée par le temps noir des mois, des années, des calendriers, tous passés en vain.

Tes mains se posaient, carrées, sur les toiles. Les couleurs se pressaient en hameaux les unes autour des autres, multipliant les isocèles, les losanges, les points de fuite, comme si toi aussi tu avais aimé t'échapper, prendre la poudre d'escampette, mettre le feu à la baraque, l'incendier avec tous les jours, tous les mois amassés, en vrac, dans les caves. Et toujours cette lumière qui dégouline, qui urine entre les fentes, qui suinte entre les verticales, ce jus tiède de prostate malade, cette saignée couleur foin, qui se déverse en trapèzes, qui lorgne la nuit, lui montre les babines, décalotte les crocs, approche si tu es un homme, si tu es une femme, toujours cette bouche qui multiplie ses lèvres, les yeux qui continuent de croître comme des silex, qui continuent de frotter pour faire jaillir on ne sait quelle flamme.

Le jour entre par la fenêtre, lui aussi cherche de la chaleur, c'est un furet, une louve, une bête en quête d'amour. Il emporte dans ses cales nos corps cabossés, démantelés, ouvre nos paumes, tranchées jusqu'aux poignets, fait main basse sur chacun de nous, et nous emporte entre ses crocs. Dans la pièce d'à côté tes bras continuent de s'agiter, ils brillent comme des haches, rasent de près les bleus, plantent leurs piquets sur les ocres, en plein cœur. La toile est ronde, c'est une cible qui attend, un puzzle à résoudre, une croix à hisser. Une à une tu disposes les pièces, imbriques les nuances, les coupes, les tranches, les malaxes, la toile mettra des semaines, des mois, à voir le jour, encore quelques longs coups de rames et elle arrivera à bon port, déchargera à quai tous les fagots.

Dans *Soleil dans une chambre vide*, la lumière se cogne à tous les étages, se frotte au ventre dur des murs. Dans cette chambre il n'y a plus personne, seule la lumière jaunie qui se fraye un chemin, qui rampe comme le ferait une couleuvre hors de son nid. Ici tout se fige, congelé dans un temps sans heurts, sans à-coups, un temps vide, sans viscères. Même la pierre a perdu son éclat, il ne reste que des bris, des tessons de verre qui s'étranglent dans un silence sans remords. Dans tes toiles il n'y a pas de ravages, les visages sont indemnes, surtout pas de portraits, pas de peaux burinées, taillées, pas de retouches, de trésors fondus. C'est d'ailleurs à peine si on me reconnaît, comme si rien dans ta vie, dans notre vie, n'avait laissé de traces, comme si tout n'était que des bribes, à peine quelques lucioles, des ampoules mal vissées, qui pendent au plafond, qui clignotent, la nuit qui grignote.

Bien sûr, il y a eu nos remontées, nos relances, nos tentatives pour se refaire, parfois une culbute, une rechute, un matelas qui se remet à crisser. Puis, aussitôt, on reparle de divorcer, de se séparer, avant de se réhabituer à se voir vieillir, dans une maison toujours plus minuscule, un enclos étriqué, avec des murs épinglés aux quatre coins. Puis le cathéter des jours, les nuits qui catéchisent, les sangles tirent, la peau devient molle, le destin entier rigole, se gausse, ricane. La farce pourtant est peu plaisante, comme si là-haut on avait joué avec nos vies à pile ou face, dépecé nos peaux, ciré le parquet pour nous voir nous étaler tout du long, les corps en débris.

Tant bien que mal on s'invente des repères, on racle les crampons, on frotte la crasse, mais rien à faire, la vie cela fait belle lurette qu'elle est partie, qu'elle a décampé, pris ses jambes à son cou, et dévalé d'autres collines. Et maintenant me voici, pleine d'ulcères, ruminante, ravagée, incapable d'épuiser le fiel, remuant mes journées, touillant cette soupe aigre qui a tourné de l'œil. Il est trop tard, trop loin. Il n'y aura plus de nouvel intrus dans ma vie, plus personne pour me sauver, pour ouvrir cette cage, me libérer, plus de grand soir, de soleil couchant.

Il n'y a plus rien que ces nuits molles, tassées sur elles-mêmes, blafardes, comme tes toiles. Les mois reviennent sans bagages, tout racornis, tout décousus, pèlent aux premiers lavages, tiennent à peine sur les tringles.

Finalement ta peinture est entrée en moi. J'étais cette femme dans chacune de tes œuvres et voici que tes pièces évidées, tes chambres obliques, borgnes, malmenées par les années, ces pièces vides, sans crinières, sont désormais partout autour de moi, en moi. Mon existence muette, embrassée sans parole, je ne cesse de la bredouiller, de la retourner dans ma tête, la laboure dans tous les sens. On veut tous des vies pleines de truffe et de pralines, des vies qui soient des nougats, qui s'encastrent comme des vignes dans la terre, débordent, promettent, suintent avec de l'or plein les mains, des coups de fouet, qui ne tiennent pas en place. On voudrait que l'existence soit autre chose qu'un vieux bibelot, une faïence sans lustre, qu'elle soit comme ces pouliches jetées dans les prés, pleines de savates, de plein air, pas de ces renfermés qui sentent la naphtaline, décrépis, terreux, des bedaines qui se traînent, avec leurs silences gras, sevrés, des litanies qui se suivent.

Dans la contrée parfois je croisais ce regard d'homme qui me touchait en coin, du museau. Mais cela aussi n'a duré qu'un temps, et toi, mon grand dadais, ma sauterelle, presque depuis toujours, ce n'était plus que le peintre qui me regardait. Fini les réglisses, les caramels, fini les canonnades, les sucées, les tétées, les bouches mêlées, le temps des cerises, la vie au long cours. On commence alors à masser la pâte épaisse des habitudes, les remontées d'acide, tous les jours gris rabotés jusqu'à la trame. On remise les semaines, on tricote les mois, mais la soie des années continue de se défaire comme une pelote. On continue pourtant de vivre, tant bien que mal, mais plutôt mal que bien, de vivre des étés de fournaise dans des campagnes trop plates, jetées à même la terre, sous un ciel sans fin.

L'hiver, de retour dans notre ville trop fripée, qui ne cesse de miauler, de racler les murs, on se fond dans le paysage. On longe les murs pour se protéger des bourrasques. Dans les parcs les écureuils se terrent, fini pour eux aussi le grand air des arbres. Lorsque arrive le beau temps on déplie les chaises pour laisser le soleil faire son affaire, on lave son linge, le sale, le blanc, on tripote les verbes, maquille les silences, remet des bûches. Les phrases se font de plus en plus éparses, les silences s'installent pour de bon, entrent pour toujours dans le pré carré de nos vies. Parfois on se bat, bec et ongles, comme de la volaille, la crête en pagaille. On multiplie les acrobaties, pour tenir bon, on rassemble les pièces, on rafistole les haubans, mais la vie s'est courbée, elle pique du nez, reste interdite, comme les bêtes dans les étables qui nous regardent passer, les yeux luisants, la peau cuivrée de poils, attendant la mort.

IX

« La peinture de chevalet représente clairement une fenêtre ; vous pouvez regarder à l'intérieur d'un rectangle qui représente une fenêtre. »

DAVID HOCKNEY

Dans aucune de tes toiles, pas un seul portrait, encore moins un autoportrait — si, juste un, parce que je t'ai supplié, parce que j'aimais ce chapeau marron, celui de nos sorties, on venait tout juste de se rencontrer. Aucune mise en scène, pas de palette ni de pinceau à la main, pas d'homme joufflu ou trapu, de tignasse frisée ou de crâne laqué, rien, comme si tu avais voulu aussi nous dire quelque chose en n'étant pas là. Les grands, les Hollandais, Rembrandt ou Van Gogh, eux se sont esquinté les mains, les yeux, les bras à se peindre, de bas en haut, d'est en ouest. Avant eux on accrochait les toiles comme des palmarès dans les palais, ici les regards chastes des dames, là, ceux fiers des hommes, droits comme des lances, leurs pupilles des épées qui brillent, on y entend le cliquetis du métal. Dans tes tableaux au contraire, aucun signe de vie, aucune intrigue, aucune trame, ni trace de toi, tu n'y as laissé aucun indice, encore moins un portrait.

Effacé du monde, dans tous les registres tu as mis ta vie en scène, pas de buste, pas de visage, pas de pose, rien que des touffes d'air, rien que cette lumière apeurée qui court d'angle en rectangle, qui s'étrangle dans les coins. Le portrait est néanmoins là, à ton insu, dans toutes tes toiles : ta vie entière exposée, infirme, présente dans tous les points de fuite, prise dans la grisaille du coup de crayon, dans cette nuit pauvre, ce jour laiteux, qui s'accroche, qui se dérobe, comme si tu avais perdu la face, déguerpi de ta propre vie, laissant ton absence au milieu de tout. Dans aucune de tes fenêtres, tes lucarnes sur le monde, n'apparaît ton visage et pourtant tout est là, tout est dit, dans ce vide, friable comme de la craie, cette absence de mots, d'amour qui s'étale sans vergogne dans toutes tes toiles.

Oui, c'est cela : la peinture en tant que fenêtre sur le monde. Mais un monde où tu n'es pas, duquel tu t'es absenté, le laissant seul, au pas de la porte, et, parfois, avec moi à l'intérieur, toujours à distance, mal cadrée. Comme si moi aussi tu m'avais mise à distance, tenue à l'écart, effacée, en retrait, moi qui ai été la seule personne à entrer dans ta vie, la seule à partager ton lit. Autrement dit la seule personne que tu aies vue en gros plan, pour de vrai, car seuls ceux qui se couchent à vos côtés se laissent approcher, sont ceux que l'on peut voir de près, au millième, dans la vie réelle. Tes toiles sont des culs-de-sac, elles restent plaquées aux murs, ne bondissent pas, figées dans un temps suspendu, sans bruissements, comme une gelée tiède. L'air ne bouge pas, la lumière elle-même arrête d'onduler, de danser du ventre. Tu es ce vide que tu étales sur la toile.

À aucun moment tu n'as cherché à peindre ou dessiner des yeux, encore moins à capter un regard, à ébaucher un vrai visage, tu as laissé la toile seule, poncée jusqu'à l'os, sans graisse ni sentiment, évidée de portraits en chair et en os. Tu n'as pas peint ce que tu voyais, tu as peint ce que tu ressentais et ne savais pas exprimer autrement. Tu l'as toujours dit : je cherche une profondeur, je retouche une rondeur, et, parfois, je bute, trébuche et tombe sur une vérité. Pour toi peindre c'était greffer sur la toile le dedans, ta préhistoire, ta brousse, tout ce vide logé dans le nid de notre lit.

Tes couleurs ont toujours été sourdes, informes, vermoulues, elles se taisaient dans leur coin, chuchotaient à peine. Ce sont nos jours sans angle que tu déballais, sans avènement ni évènement, seul le temps qui passait, qui se lassait, se tassait, qui répétait la même rengaine, comme un disque rayé. Dans tes toiles, tu as aussi renoncé à te montrer, tu as laissé la lumière être prise de vitesse, l'air était ce javelot lancé vers une cible jamais atteinte, hors de portée, les semaines se tordaient, des ceps de vigne sans suc, des bêtes renonçant au rut, cessant, elles aussi, de hurler avec les loups.

Les après-midi on entendait parfois la fillette de notre voisine jouer du piano. J'aimais cette enfant, sa musique, si pure, si pudique. Elle avait un doigté inné et recouvrait chaque son de notes comme si celles-ci étaient des linges qui recouvraient un corps, qui pansaient une plaie, dissimulaient une nudité. Elle jouait sur le clavier, les doigts pressaient les touches, les frappes pinçaient les cordes, la musique alors devenait ce tir de tout son être, les notes décochaient les flèches, la mort était leur cible. Ce furent mes plus grands moments de joie, les seuls. L'essentiel parfois tient à un détail, et cette musique était mon tout, une à une les molécules sonores se gravaient dans mon corps. Elles entraient en moi, me traversaient le corps, les notes s'échappaient du silence, se ligotaient les mains aux dièses, et arrivaient jusqu'à nous, indemnes, incontournables.

Parfois Chopin, souvent Gershwin, la petite libérait des bleus splendides, des verts sombres, des rouges chauds, toute la palette des jaunes y passait. Puis elle a grandi, est devenue jeune fille, femme, mais toujours le même doigté, comme des chuchotis de moines, des miaulements d'osier, chaque fois c'était une renaissance. Les autres bruits, les grignotements des mulots, les gouttes d'eau de l'évier, le crépitement de la pluie se dissipaient. Ne restaient que les partitions jouées, la paix sublime des notes, leurs langueurs, leurs farandoles, l'attroupement des dièses, le fracas d'un phrasé. Cette musique ainsi jouée me plissait le cœur, faisait sursauter en moi mes souvenirs d'enfance. Les sons ignoraient les barrières, ils s'engouffraient, invisibles, ici pas de paupières, de cloisons, de donjon, de murailles, tout était traversé et arrivait dans notre maison, à travers les parois, à travers ma chair.

Une année pourtant la petite fille, désormais femme, n'est pas revenue. Les aboiements des chiens se firent alors terrifiants, l'air s'est mis à brûler plus vif qu'un bûcher, avec ses bouffées de chaleur, ses atomes ardents pris dans ses ourlets. Aujourd'hui encore la fillette me manque. Terriblement. Elle aurait pu être à nous. Je veux dire qu'elle aurait pu être notre enfant, celle que l'on aurait fait venir au monde, celle née d'une étreinte, une vraie, de celles qui portent au loin. Il y aurait eu la musique des commencements, celle née entre deux bassins, les bouches se cherchent, les mains chantent et se prennent pour des chefs d'orchestre, les corps font se lever les chœurs, les partitions sont alors rondes et blanches, et parfois même on entend des notes inouïes, de celles qui sont injouables pour les instruments à cordes, de celles que Bach notait parfois, liées à deux cordes d'écart, et qui n'étaient audibles que pour l'œil.

Je l'imagine grandie, son corps se serait étiré, allongé, elle serait devenue belle comme ce faucon que l'on a vu tournoyer dans les hauteurs, au-dessus des plaines, belle comme un vol en piqué, un oiseau qui plonge et sidère sa proie, d'un coup, sans pitié. Car la beauté est comme ça, elle ne fait jamais dans la demi-mesure, c'est tout ou rien, la mort ou la vie. À son absence, s'est greffée une tout autre mélodie. Tu as passé ton temps à braire, à barrir, à mugir, et moi à te répondre, à gigoter, à montrer les crocs, à étendre les mains, à brailler, aboyer, beugler, à extraire un à un mes cris pris dans le gosier, à peler les oignons de mes pleurs.

Désormais une radio s'égoutte mais la musique n'est pas la même, on dirait un épouvantail, un de ces mannequins grotesques, désarticulé, pantelant, qu'on place dans les champs de céréales dans les grandes plaines, et qui font fuir en brassées les nuées d'oiseaux. J'aurais tant aimé que tu fasses son portrait, ébauches ses yeux, dessines son buste, pioches dans ton talent pour la mettre sur la toile, cette fille que tu n'as pas voulu, su, pu mettre en moi. Au lieu de cela tu t'es esquinté à peindre des comptoirs, des personnages perdus, avec leurs gestes au ralenti, avec leurs muscles consumés qui ne meurent de rien, ni de faim ni d'amour. Oui, des personnages pris dans leur torpeur, le ventre broyé par ce temps qui les traverse et qu'ils ne savent, ne peuvent arraisonner, ils voient filer les années, leurs yeux se vidangent, et plus aucun cep ne prend.

On l'écoutait depuis la maison, la petite, mais aussi depuis la terrasse où l'on passait de rares moments à chuchoter, parlant doucement, à voix basse, comme si on était dans une église, tandis que la lumière gribouillait sur le sol, y posait ses pigments jaunes. Tu aurais pu en faire des portraits, des rires d'abeilles, de cette fillette aux doigts magiques, mais rien, *nada*, surtout ne pas mettre de vrais visages, de vraies gens, des corps qui suent, des mains qui mitonnent. Dans tes toiles le silence même est étrange, l'air pèse un poids infini, ferré, casqué, fondu dans du plomb, il flanche sous le poids de sa cuirasse. Le monde s'ébroue, c'est le mouvement, l'imprévisible, la giclée, tout le contraire de tes toiles où aucun ciel n'explose, aucune rue ne bondit, aucun arbre ne rue, aucune vague ne s'envole.

Les fessiers ne rutilent pas, les torses restent plats, les lèvres sont fades. Pas de cœurs qui happent, qui fondent tout à coup, d'éclairs, d'amours, rien de tout cela. Pas d'enfants qui jouent, ceux que l'on n'a pas eus, qui tombent, se relèvent, en naissant, en criant, en chantant, qui respirent soudain, vont à toute vitesse, sautent de pierre en pierre, de visage en visage, de mot en mot. Non, pas un seul gamin car notre monde, nos pas de deux, l'un sans l'autre, aura aussi été cette saison sèche, un ventre à jamais vide, qui n'a servi à rien, tout juste bon à te recevoir à nos débuts. Moi je n'ai pas eu la chance d'être de celles qui ne voulaient pas, qui refusaient que le corps se gonfle, qu'il se fêle, que la peau ne revienne plus à sa place, non, tout cela j'en ai rêvé, je l'ai souhaité, mais rien, pas même une fausse couche, pas même un petit pois.

La mort commence toujours trop tôt. Je crois que Tennessee Williams avait raison. Nous avons été de ce point de vue des prématurés. Un paradoxe (ou pas) : une de nos plus belles soirées ensemble aura été une sortie au théâtre pour voir *La Chatte sur un toit brûlant*. Cette histoire sauvage, de déchirements, de miaulements, nous est allée droit au cœur, sans doute à cause du thème : un couple au vitriol, qui se retire de tous les jeux, abat ses cartes, se laisse happer, *hopper*, l'ennui, le désir qui se défile, la petite mort qui vient et crève par petites touches. Non pas la grande, mais la petite, l'insidieuse, la poreuse, celle qui se faufile entre les persiennes, traverse les greniers, remonte depuis les caves, se colle entre les conversations, et finit par rogner même les silences. Celle qui vient par les grands froids d'hiver se blottir dans le lit, s'intercale entre deux corps, entre dans tous les reproches, ceux que l'on ravale, et que l'on retrouve ensuite dans tes craies, tes cahiers, sur tes toiles.

Tout s'efface, seules les rancœurs persistent. La ligne blanche que tu avais tracée au sol, pour bien marquer ton territoire, défense de franchir, d'entrer dans l'atelier, elle aussi peu à peu s'est effacée, tout comme toi, à la mi-mai, le quinze, de l'année mille neuf cent soixante-sept, tes derniers jours. On ne peut revenir en arrière, rebrousser chemin, la fin de course est toujours pénible. La tienne a été dure à vivre, on a enchaîné les hôpitaux, les médecins, tout ton corps s'est déglingué, est tombé en lambeaux, les yeux, les mains, les bras, les chevilles, à la fin tu ne tenais plus sur tes jambes, tu restais prostré dans ton fauteuil. C'est là que la mort a commencé à germer, à remuer au fond de toi, puis à grandir, à prendre toute la place, et enfin à t'emporter avec elle. Un matin, alors que la lumière commençait à gratter à la fenêtre, je t'ai découvert sans vie. Le jour naissant était lui plein de vigueur, avec des pectoraux partout, il bombait le torse dans toutes les pièces, sortait sa cravache, partout l'air se cabrait. Mais toi tu restais paisible, indifférent, les yeux déjà clos, posé comme un grand oiseau sur le nid défait de ta chaise. Tout sombre, étiré, tout en longueur, tu étais très beau dans ta mort. On aurait dit un Greco.

Quelques semaines auparavant, tu avais bien essayé une dernière fois de la faire valser cette chipie qui ne te laissait plus tranquille. Tu m'avais demandé de remonter la barre de support du chevalet, de fixer la toile, blanche, immaculée, parée pour une ultime parade, un dernier lancer. Lorsque l'on se jette dans la peinture, et que l'on a encore vingt ans, qu'on est dans la fleur de l'âge, c'est un crachat, un coup de pied, le pinceau se rue sur le rectangle, tu le saisis avec les poings et rien ne résiste, on cogne, on harangue, on lâche tout ce que l'on est dans la force de l'âge. À la fin, au contraire, tu étais lent, une vraie tortue, un varan, tu voulais tracer des lignes droites, réguler une dernière fois, établir des frontières, ordonner ton royaume, mais le règne était bel et bien fini : la toile restait vide. Alors tu regardais par la fenêtre, cherchais la plage déserte, le ciel nu, un point de fuite auquel t'agripper.

Une fois tu m'as fait la remarque, peut-être pour m'épater, sans doute pour me provoquer : « Le mot français pinceau, tu sais, ma puce, vient du mot latin *penicillum*, petit pénis ; quand on est dans la force de l'âge la peinture c'est donc cela, le coït, la fougue, la foudre, le rut. » Le jour de ta mort, je me suis souvenu de ces paroles. Tu voulais, une dernière fois, rester debout, en lutteur, ne pas plier, mais le fusain s'est aussitôt effrité contre le papier. Le téléphone alors a sonné. Je suis allée à l'autre bout de la maison le décrocher, et à mon retour, tu étais de nouveau affalé dans le fauteuil, revenu à la case départ, tu n'en as plus bougé. Devant toi le chevalet était hilare, il te toisait, défiant, sûr de sa victoire, sûr de ta défaite.

Moi je suis restée ces derniers jours avec tout le reste sur les bras, tes charges froides, tes phrases qui cognent, tes silences encore plus violents. Rien à faire, tous ces souvenirs sont aussi les nôtres. Alors je m'accroche à quelques chiffons. Je relis les coupures de presse, les critiques des pensants, je revois tes toiles et me dis que, malgré tout, tout cela en valait la peine, encore un jour, une petite semaine, encore un mois de gagné. Je traîne des hanches, les mollets soudés aux tibias, les cuisses prises dans la nasse des jambes. Toutes mes articulations sont oxydées, les crampes s'accentuent. J'ai cessé d'être ta serviable, ton larbin, ta serpillière, mais me voilà maintenant, seule, aux prises avec cette débâcle, ce cliquetis dans la maison qui ne me laisse plus dormir, cette toile vide sur le chevalet qui me nargue à mon tour, me cherche du regard avec ses yeux troués.

X

« … plus j'y réfléchis, plus je sens qu'il n'y a rien de plus réellement artistique que d'aimer les gens. »

VINCENT VAN GOGH

Arrive alors le dernier chapitre. Celui que l'on n'esquive pas. Depuis longtemps il ne me reste que les mots comme compagnons. Non pas les paroles, seulement les mots : ces bestioles muettes qui copulent, s'agroupent, se montent les unes sur les autres, ventres contre croupes. Ils se regroupent en grappes et alors les phrases s'effilent, les adverbes se faufilent, les verbes s'effeuillent, tentent de tenir debout, s'agrippent aux rambardes. Pendant ce temps, la maison s'écroule, les pages elles-mêmes ne tiennent plus debout, ivres de voir tout partir en quenouille.

Dans mes carnets j'ai mis ma petite vie auprès de toi, toutes mes pensées. J'aurais aimé connaître l'amour, le vrai, celui des amants qui tendent non pas les poings mais leurs mains l'un vers l'autre comme des mendiants, ceux qui croient encore en l'homme et en la femme, qui font des caresses à peine visibles, ont des mots à peine audibles, impalpables, si ténus qu'aucun timbre de voix ne s'enregistre. J'aurais aimé vivre à deux, naître sans fin, que rien jamais ne s'achève, éclater en tout, être chaque jour comme un tigre avant le bond, être comme les câbles à haute tension qui s'intéressent aux oiseaux.

J'ai noté toutes les recettes de cuisine que j'ai mises au point pour tenter de survivre à ta faim, à tes mains goulues, à tes coups de gueule. Car même là, dans ces pages, c'est toi qui as occupé toute la place. Tes colères polaires, tes sorties de piste, tes interdits furibonds, tes mots sans pitié, tout est là. Je me suis bornée à tenir la chandelle, à me poster à tes côtés sans même broncher, comme une petite fille penaude, privée de friandises, punie sans trop savoir pourquoi. Lorsqu'on prenait la route, c'était toujours toi qui tenais le volant, dans les entretiens, dans les séances photo, c'était encore toi qui figurais en gros plan, te tenais aux premières loges, et moi je restais en retrait, retroussée derrière la ligne de mire, à peine audible.

Dans ces pages j'ai ainsi consigné toutes tes victoires, les expositions, les galeries où tous venaient bourdonner, les frelons, les journalistes, les essaims d'abeilles, les femelles vrombissantes devant tes toiles. Cette ruche qui s'agitait autour de toi est là, elle aussi, dans mon journal intime qui ne parle en définitive que de toi. Tu as été l'aimant de tout, attirant à toi tous les débris, la vie des autres, la mienne, la leur, le fer, le cobalt, le chrome, toute notre ferraille se plaquait contre toi, restait accrochée à ton œuvre, avec les années de plus en plus magnétique, elle occupait tout notre espace.

Faute de pouvoir dessiner ce que je voyais dans le monde, je me suis mise à l'écrire, à le décrire. Ces villes que l'on a traversées, avec leurs immeubles dressés la nuit comme des torches, leurs alvéoles, jaune miel, qui s'allumaient puis disparaissaient dans la nuit, avalées par le béton, englouties dans ces ventres, toujours plus pansus, bourrés de verre, de brique, de métaux. La panique des plaines, la terreur des paysages qui savent qu'ils vont disparaître, qu'ils ne seront plus bientôt que des ritournelles, des lucarnes muettes, des peaux rouges enfermées dans les souvenirs. Parfois tu venais chaparder des idées dans mes pages, me lisais en cachette pour savoir ce que je pensais de toi, de tes humeurs, mais aussi, surtout, pour t'inspirer. Lorsque la mémoire est venue à te manquer, tu savais que là, dans ce bottin, se tenaient toutes tes œuvres cataloguées, décrites, consignées, toutes tes toiles. Il y avait aussi mes descriptions des lieux, de ma vie attachée au mât de notre vaisseau qui prenait l'eau.

Dans mes carnets, j'ai emballé tous ces mondes que l'on a traversés, le pays connu à deux, les choses qui se sont dites, les vies que l'on nous a fait miroiter. Car toutes ces années on nous a servi le miracle américain, fait goûter, palper, tous ces billets verts, ces liasses de papier, les têtes blondes qui gambadent sur les pelouses, les bouteilles de lait qui attendent sur les paillassons, les barbecues des fins de semaine. Mais au final c'est le même trou, miteux, pas beau, pour tous, à l'arrivée c'est la même cuillerée, des espaces trop carrés, des lessives trop blanches, frigides, trop arides. Tu avais raison, dans nos contrées, les maisons sont toujours froides, plates, sans poitrine. Derrière la ruée vers l'or du bonheur, il n'y a qu'un décor en carton-pâte, du trompe-l'œil, des échafaudages qui ne tiennent pas, s'écroulent à la moindre poussée.

On est tous assis dans nos transats, les visages tournés vers le soleil, comme des champs de tournesols, des grappes de raisin qui se gorgent de sucre, tous là, en vrac, avec nos masques de cire posés à même la peau, mais rien ne vient, rien ne se passe, juste ce temps long qui étire son cou. Ce qui dégringole de là-haut ce ne sont que ces filets, ces filins de lumière qui ne savent plus où se mettre, devant, ou derrière, en position de levrette, ou à la sauvette, une lumière qui a perdu de sa fraîcheur, qui sent déjà la poisse, la molaire, qui a beau bomber le torse, elle, comme le reste, s'affaisse. Et alors elle dégringole, elle ne fait que cela, tomber, drue, couler à pic, dévaler toute cette pente qui se jette à nos cous, n'en peut plus elle non plus.

Dans tes toiles les hommes lorgnent à peine les femmes, ils sont prudes et elles frigides. Mais sous le vernis, à peine on racle, ce sont toutes les frustrations qui remontent, les acides qui refont surface, arrachent la peau, esquintent les âmes. Tes tableaux sont de cette époque où tout se fait à distance, les élans du cœur sont sectionnés à la base, tranchés dans le vif, avant même l'élan. On ampute, on ligature, pas de place pour les épanchements, les sorties de route, les virages trop serrés. On devient tous des voyeurs, comme dans ces films noirs dont tu raffolais, avec nos fenêtres sur cour, nos lucarnes ovales, nos hublots ronds, attrapant ici un bout de radiateur, là une croupe qui se penche, un décolleté qui s'envole.

Derrière les vies de rêve, les rideaux, les parois, les corps cessent de rutiler. Ils engraissent, s'empâtent à vue d'œil, les voix de ténor deviennent fluettes, celles des femmes stridentes. Et toi, impassible, tu tranches la gorge de toute cette mascarade, à la base du cou, et tu la fais saigner dans le bassinet de tes toiles. Tu as chapardé ces bribes de vies où tout est surjoué, où tout est pour la galerie, pour en mettre plein les yeux. Tu es celui qui entre par effraction, passe dans l'envers du décor et met la réalité à nu, gomme les rictus, rend la lumière aussi crue et drue que dans la vie réelle. Lorsque je me penche au plus près de tes toiles, les traits ne sont jamais parfaits, ils sont parfois tremblotants, les couleurs s'effilochent, dérapent. Si je prends du recul, j'imagine alors que, là, devant moi, se tient la scène d'un crime que l'on n'élucidera jamais. On est sur un plateau de tournage mais les vedettes ont disparu du champ de vision, ne restent que les restes, et les coups de matraque des projecteurs, ne reste que le jour qui se brise le cou.

Derrière la toile se tiennent les techniciens, les metteurs en scène, les scénaristes, une ribambelle d'acteurs aux gestes mous, qui attendent d'apparaître dans le champ de vision de la caméra, de faire leur numéro, une pirouette avant de repartir, sautillants, dans leurs maisons aux pelouses bien peignées, barbouillées de couleurs très tièdes. Toute cette vie est une divine comédie, pour épater la galerie, pour montrer combien on est devenus grands, habiles, futiles. Devant les caméras, les secrétaires dodelinent, elles aussi veulent leur part du rêve américain, quitte à lever la jupe, à se laisser happer. Quant aux hommes, ils forcent les traits, surjouent les caïds, allongent les heures dans les bureaux, crachent dans la bassine comme dans les westerns, pour faire viril, mais chez eux pas de colt ni de flèches, rien que des regards de caniche, de vrais épagneuls.

Cela fait longtemps qu'ils ne chassent plus, qu'ils ne galopent plus dans les grandes plaines, toutes les poses sont pour la galerie, histoire de donner le change, d'y croire. Les bisons eux aussi ont quitté le décor, délogés, relégués, on les a rangés avec le reste des accessoires dans les remises, en attendant peut-être des jours meilleurs. Tant bien que mal, les scénaristes rafistolent les trames, on fait sortir les derniers figurants, ils s'agitent autour des barbecues qui brûlent comme des braseros, ils attendent que la cavalerie sonne la charge, qu'on vienne enfin les surprendre, les secouer, les faire vibrer. Les femmes s'attroupent, les enfants crient, chacun connaît son script, surtout ne pas en dévier. Surtout ne pas improviser, s'en tenir aux pelouses bien coiffées, avec leur raie au milieu, s'en tenir aux répliques toutes faites, à une vie sans surprises, rien que des couleurs pastel, et surtout pas d'à-coups, surtout pas d'envolées criardes.

On imagine alors, comme dans un film, les personnages sortir de la scène, s'extraire de la toile, sortir du cadre. Ils se posent à nos côtés, eux aussi fatigués de cette clarté trop drue, celle des projecteurs qui labourent nos visages, nos corps, s'insinuent dans tous nos plis. Eux aussi veulent arrêter de faire semblant, de vivre toujours en décalage horaire, de racler les fonds de tiroir et servir de l'édulcoré, du décaféiné. Ils veulent jeter les corsages, se libérer, sortir de leurs gonds, soulever la trappe, marcher au grand jour. Ils veulent cavaler dans la rue avec leurs gros calibres, faire tourner le barillet, tirer de grands coups, frapper les fûts, rompre les silences, lâcher les amarres. Tout sauf ces calmes plats, cette horloge qui trotte de travers, ces imposteurs qui se terrent dans leurs cahutes, flirtent avec leurs rêves mais n'osent jamais les enlacer, les faire valser.

Pour nous, la manière de nous en sortir, c'était ta peinture. Et lorsque l'inspiration venait à manquer, on sortait de la tanière. On prenait la vieille Dodge et on filait vers le nord, vers le sud, dans toutes les directions possibles. Là aussi, tu voulais régner, j'avais mon permis, depuis l'année trente-six, mais rien à faire, c'était toujours toi qui tenais le volant, toi qui décidais de toutes les étapes, des routes à prendre, des villes où s'arrêter. J'aimais les étangs, les lacs, les mers, toi toujours les terres, les grandes plaines, rouler au milieu des Rocheuses, traverser les canyons. De retour dans notre maison de la côte, je faisais de longues balades à pied, cueillais des brassées de fleurs. Pour toi, au contraire, les meilleures escapades étaient les plus courtes. J'aimais les conversations à bâtons rompus, celles qui enjambent, qui font des pirouettes. Tu restais renfrogné, bougon, à peine un ou deux amis, que dis-je, des connaissances, comme cet écrivain, John Dos Passos, qui faisait comme toi mais avec des mots.

Il mettait des couleurs chaudes, celles du Sud, dorait ses phrases, les faisait souffler comme une brise, mais dedans, rien que des mirages, des illusions, des terres promises qui étaient aussi vides que vaines. Dans les années vingt, il avait été ton voisin de palier, dans cet appartement que tu as occupé plus de cinquante ans, et que je suis aussi venue habiter, à Washington Square, à New York. Tous les deux vous avez aimé, habité la même ville, mais ce n'étaient pas les gratte-ciel, les taxis jaunes, qui vous intéressaient, de fait il n'y en a aucun dans tes toiles. Avec Dos Passos tu allais au café de l'angle et restais des heures avec lui, à refaire le monde, à gloser sur tout et rien, à regarder les écureuils sautiller sur les arbres du square, à racler la surface des choses pour en faire sortir la crasse. Dans ses romans le monde grouille de figurants, c'est une ruche toujours occupée, des vies qui s'entremêlent, qui bifurquent, qui plongent dans les ruelles, se terminent dans des impasses. Vous vous étiez entichés l'un comme l'autre de peinture, il était même plutôt fier de ses toiles, et encore plus de les avoir exposées, en mille neuf cent vingt-trois, à l'époque de votre rencontre. Il n'arrêtait pas de te bassiner avec la Grande Guerre, quand il était ambulancier là-bas en Europe, quand il sauvait des vies, haranguait la mort.

Et puis il y avait cet autre voisin, encore plus singulier, ce poète, E. E. Cummings, auquel tu as à peine prêté attention. Moi c'était Cummings que je préférais, car lui aimait la vie, c'était un amoureux impénitent, un torrent, presque trois mille poèmes lâchés dans la nature. *J'ai toujours ton cœur avec moi / Je le garde dans mon cœur / Sans lui jamais je ne suis / Là où je vais tu vas...* Je me suis mise à le lire comme aucun autre. Personnellement les romans avec lesquels tu fricotais ne m'intéressaient pas, ma défonce à moi c'était le style, le frappé, l'ourlé. J'aime avant tout les livres qui font chavirer, qui ne radotent pas, des livres qui sont beaux comme l'est le mot adieu dans la bouche d'un vieillard. Car, en fait, on lit la beauté. L'argument importe peu. Bouche close, on ouvre grands les yeux, on plonge dans cette mer, dans ce silence, en apnée : un livre qui happe vers le fond puis te fait, d'un coup, remonter à la surface de ta propre vie, le souffle presque coupé.

Un jour, Cummings m'a vue triste, abattue, il m'a souri et sans préambule m'a lâché de ne pas trop t'écouter, de ne pas faire attention à tes coups de sang et, surtout, de ne jamais dévier, de rester moi-même. Ce furent ses paroles : *être personne, mais soi-même — dans un monde qui fait de son mieux, nuit et jour, pour faire de vous tous les autres — signifie mener la bataille la plus dure que n'importe quel être humain puisse mener ; et ne jamais cesser de se battre.* Je ne l'ai pas écouté, j'ai baissé les bras, j'ai été toutes les femmes que tu as voulues et que tu as mises dans tes tableaux. Lui aussi était peintre à ses heures, c'est sans doute pour cela que tu ne le supportais pas, et en plus il avait ce côté espiègle, railleur, rimbaldien, qui t'agaçait tant.

Tu étais taciturne, chaque brin d'herbe, chant d'oiseau, grincement de porte était un mauvais présage. Très vite l'idée de la mort t'a taraudé, les villes de nos jeunesses, les campagnes d'hier, tout était chamboulé. Et ce désordre te tracassait, te tordait les boyaux, et tu gardais cette torsion en toi, car le dire, le mettre dans ta bouche, cela n'a jamais été ton fort. Ce que tu aimais c'étaient les bourgades désaxées, les vieilles bicoques un peu borgnes, les maisons bardées de blanc, enveloppées dans leurs suaires, un peu sales, pas propres sur elles. Les merceries d'antan, comme celles de ton père, disparaissaient derrière les terrains vagues où soudain des colosses appelés drugstores, supers, hypers crevaient le vide.

La ville entière, notre ville de toujours, elle aussi continuait avec ses boutons de fièvre, des centaines d'étages grimpaient vers le ciel. Certains ouvraient en pleine récession et restaient vides presque une décennie entière. Les édifices flambant neufs poussaient néanmoins un peu partout, comme des mauvaises herbes, des épingles géantes, des crochets, des pieux. La ville était de plus en plus tapageuse, enrouée, les morceaux de cubes s'empilaient les uns sur les autres. Partout des monceaux de ruelles, un déluge de vacarmes, de brancards, de portières. La chair se crevassait, les années partaient en fumée. Tu étais terrorisé, mais tu faisais ton stoïque, tenais bon la barre devant ce déluge, affairé à tes huiles, droit comme un mât, mais dedans tout déjà s'effondrait.

Me restent de toi l'odeur carrée de la lessive, le linge remué dans le panier, les couloirs où s'encastrent les tiges de lumière, le porche dévoré par le soleil, avalé, recraché comme un trognon de pomme. Sur le carrelage de la cuisine les heures font leurs mots croisés. Je pense à nos jours maintenant lointains, à nos pas de deux qui n'en étaient pas, me prends à rêver à cette autre femme que j'aurais pu être, qui aurait pu vivre à ma place. Et surtout, aussi, à celle qui aurait pu venir, te délivrer, me délivrer, cette femme à venir, une femme qui aurait été amoureuse comme d'autres sont vendeuse ou pharmacienne, qui aurait mis sa main dans la cage et aurait extirpé l'oiseau, l'aurait recraché au vent, l'aurait laissé partir, découvrir son envol, s'ébattre, enfin libre, la joie au bec.

De ma fenêtre en ville, je regardais ces autres hommes avec envie, en particulier les charpentiers, les plombiers, les maçons qui montaient sur les échafaudages, en équilibre sur les poutres de fer. On les appelait les garçons du ciel, sans doute eux aussi se prenaient-ils parfois à rêver de s'envoler loin, très loin. Ils lévitaient sur les corniches, perchés sur les immeubles, très loin des maisons blanches à ossatures de bois, posées en angles, avec vérandas et rambardes, très haut aussi, dans des corps qui paraissaient tutoyer le ciel. On aurait pu aisément les imaginer gratter avec leurs bras le ventre bas de nuages qui venaient paître sur les dômes herbeux des immeubles. Oui, j'aurais aimé être cette femme, très libre, bonifiée par les hauteurs, compagne de ces hommes-oiseaux.

Une femme amoureuse, mais sans envies d'ailleurs trop excessives, vivant dans sa vie pleine, le cœur serein, jamais en bataille. Une femme qui ne saurait pas ce que c'est d'être remise à plus tard, réparée, essaimée, la voix enfoncée dans la gorge, piégée comme une belette. Ses mains s'ouvriraient, se refermeraient, comme un éventail, comme un châle jeté sur les épaules. Elle serait elle aussi un oiseau qui saurait rendre libre, être pleine de vie, de celles qui vieillissent sans besoin d'être rafistolées, ébrouées, astiquées. Une amoureuse donc, de celles qui ont les yeux qui brillent très fort, très vifs, de celles qui te prennent dans les bras et font que la vie plus jamais ne finit. Qui ferait que la maison ne serait plus une masse effondrée, à bout, une maison morte, éventrée par les saisons, tailladée à la hache par la lumière des jours, cette lumière que tu peignais, qui réveillait une à une chaque chose, les arbres, les routes, les prés, toutes les choses dardées, rendues folles.

Une lumière qui sentait la pomme verte, qui se laissait reluquer de biais, comme une poitrine dessous le corsage, oui, une belle qui saurait vivre, qui saurait embrasser, mouler, nacrer chaque heure, la raffermir avec la main, apprivoiser même la mort, faire de chaque jour un rire, faire que les mots aillent de la bouche à l'oreille, de la main à l'œil, réverbérer le monde. Elle saurait le polir pour voir de plus près le bonheur, elle serait pareille à un soleil, rendrait le monde plus habitable, plus rond, saurait aussi le renverser quand il le faut, le faire tenir debout, saurait le traverser, passer entre les gouaches et les fusains, saurait te faire naître d'un jet, en saccades, comme un soleil dans le ciel.

Je pense à elle sans arrêt. À son port altier, à son bassin de ballerine, à ses yeux revêches qui n'ont peur de rien, ses yeux qui n'ont pas les froidures de l'hiver, des yeux d'été en toute saison, pleins de regards, qui avancent par grappes lentes, qui savent enjuponner, faire monter le désir, faire venir les mots qui sauraient dire je t'aime, je t'adore, qui sauraient t'emmener loin de la fatigue épaisse, flasque, du vivre, plier en quatre les habitudes, inventer des routines toujours plus belles, toujours plus neuves, encore plus rondes. Avec aussi plus de danger dans ses envies, elle saurait vivre sans casque ni harnais, déambulerait sur les poutrelles, tordrait le fer, l'acier, le béton, une femme tendre et forte à la fois, et avec ce sourire sans fin où l'on voudrait habiter, passer toute sa vie.

Cette femme je l'aurais aimée. Elle aurait eu le courage que je n'ai pas eu. Elle serait venue me chercher dans mon terrier, aurait su me sortir de mon trou, de mes dimanches à cloisons fermées, de mes après-midi à marauder, à quémander un peu d'attention, à éviter les tensions, à faire les cent pas. Ce serait une femme de matins toujours neufs, d'heures toujours rousses, de celles que l'on regarde sans dormir, qui prennent racine, s'envolent, libèrent. Aimer c'est rendre l'autre libre, le libérer de sa vie sans vie, ouvrir la cage de l'oiseau et le laisser partir. Aimer c'est penser en grand, à hauteur de ciel, faire que chaque heure aussi minuscule soit-elle se transforme en une envolée, le moindre repas à deux, même à la va-vite, en un banquet.

La maison cesserait d'être vide. On arrêterait de l'entendre tousser, de parler à mi-voix, d'être une carcasse sèche, accrochée aux jointures, une maison pleine d'armatures, de poutres, de planchers, renversée à même le sol, prise la bouche ouverte, sans âme ni regard, boursouflée, gonflée de ronflements, pressée d'en finir avec le jour. Elle s'emplirait de cette femme superbe qui ferait une splendide vieillesse, une apothéose de dame, de reine, avec des gestes de sécateur, vifs, précis, des mains toujours tendres, inlassables, des gestes qui tremblent parce qu'ils savent eux aussi qu'ils vont mourir, qui brillent parce qu'ils savent partir en vrille, parce qu'ils savent que oui est le plus beau mot du monde, le plus profond, celui qui ouvre tous les élans, arrache les cœurs.

Son corps commencerait par les mains, ses articulations, les cartilages, des mains faites pour l'étreinte, pour tenir, recevoir, donner, des mains à peine racornies, qui se plient, s'ouvrent, se font fermes, prestes, pleines de maintien, de celles que l'on croise dans les sommets, qui escaladent sans cordée. Puis viendrait le corps, au-delà des mains, avec ses bras, son visage, son buste, un corps qui ne serait pas brûlé de l'intérieur, qui ne serait pas cette carcasse massacrée par le temps qui est la mienne, un corps en débâcle, vaincu, qui lâche prise. Son corps à elle ferait feu de tout bois, il serait dévoré, happé, par les mots, des phrases utiles, pleines de nuits, bourrées d'étés, de son pays extrême. Les mains tiendraient toutes dans un regard, dans les heures longues des jours, des mains qui sauraient faire revenir au monde.

Maintenant il ne me reste que les mots. Ce cahier fini, ce dernier chapitre, sans gloses ni protocoles. Dans les cantons alentour, dans les bourgs, dans les hameaux, on attend aussi. Dans ce jour d'été, un peu ébouriffé, le soir allonge sa tignasse d'abord rousse, puis très rouquine, et enfin épervier. La nuit commence à bricoler les jointures du ciel, elle dévisse une à une les poutres, les pose à plat, en colonnades. Je reste, posée sur la chaise, prête à être savourée, la nuit met maintenant le couvert, mordille le blanc, étale ses roses, ses pâles, fait flamber au chalumeau les derniers rayons du jour. C'est l'heure où les langues se mêlent, se rencontrent, entrent dans les bouches. Les arbres sont jetés en croix, taillés dans le vif du ciel. Partout la terre monte, les étoiles arrivent alors au rendez-vous, jettent leur engrais dans les sillons, laissent à peine une lucarne pour la lune.

Cette femme aurait été l'issue, la délivrance, celle qui ouvre les nuits, celle qui libère les jours. Le temps, apprivoisé, amadoué, se jetterait à ses pieds, la joie grignoterait les silences, mordillerait les vides, elle lui tiendrait compagnie d'un bout à l'autre du jour, comme un chien fidèle qui jamais ne se lasse, à qui on ne la fait pas, qui sait attendre son heure. La maison entière, étourdie de lumière, se mettrait sur son trente et un, prête à être mariée, à fêter les noces d'un été qui n'aurait pas de fin, au cœur d'un dernier jour de juillet. Et ainsi elle monterait vers l'autel, marche après marche, avec derrière le chœur qui entonne l'aria, une musique elle aussi très haute, soulevée par la ceinture, en portée.

Cela aurait été la vie. Non pas cette tuberculose, cette soupe fade, cette pâtée pour chiens, tes mots en croix, ta fatigue de mâle, non pas cette vie rangée, retirée du monde, remisée par tous les bouts, nos sourires flottants, nos mains molles, ravalées de toutes parts, nos vies au pied du mur, sans issue. Cette femme serait l'éblouie, la faiseuse, celle qui prendrait toute sa place dans le monde, qui ferait sauter tous les écrous, qui ferait que le monde tournerait enfin rond, qu'il serait enfin plein, avec toutes ses fragrances, pris, roulé, l'un dans l'autre. On y passerait son temps à se toucher, à s'attendre, à s'apprendre, à vivre ensemble, dans le creux des draps, sur la crête des heures, allégés, délestés, posés l'un sur l'autre, enfin accordés, encordés, sans lisière, vécues à pleins poumons, des vies dans lesquelles les regards ne seraient pas des dards, des tiges qui se braquent, qui se rompent, se vissent, enfoncent leurs clous dans les corps. Leurs regards, à eux, seraient pleins de mousses, d'étables, de lichens, les pupilles chaudes et rondes, de celles qui t'empoignent et ne te lâchent plus.

Cette femme saurait te toucher dans tes peurs, aller en toi au plus loin, atteindre le bout pointu de tes silences. On se coulerait à deux dans une vie neuve, on s'inventerait un refaire sa vie, et non pas ces miches de pain, cette purée remâchée jusqu'à la nausée, ce que nous fûmes, cette vie passée à meugler en attendant que vienne la traite finale, que la mort enfin nous délivre l'un de l'autre. Elle serait chaude comme une chaleur qui te prend, t'accueille, en abondance, une femme qui saurait tenir tête à ce vertige, faire face à cette solitude, à ce vide qui brûle dans chacune de tes toiles. Cette femme est celle qui est restée hors cadre donc, en deçà de tes toiles, c'est elle sans doute qui aujourd'hui regarde ce saccage et cherche à comprendre pourquoi la lumière ici bat en retraite, pourquoi la vie se penche, pourquoi elle assène ces coups.

Dans quelques heures, dans quelques jours, mois, années, ce livre va se refermer. Là resteront mes jours anodins, boudinés, passés à quémander, mes jours sanglés dans des semaines qui n'en finissent pas, des années vieilles avant l'heure, qui prennent l'habitude de s'arrêter au seuil, entêtées à ne rien lâcher, à s'arranger toujours seules, à vivre au plus serré. Je pense à toutes ces années, rangées en rangs d'oignons, où il fallait aller jusqu'au bout du jour, rejoindre le clapotis de la nuit et, là, se noyer de sommeil, se calmer, ne pas bouger, écouter les battements énormes de son sang, peler, polir, toucher le fond, remonter, se mettre à peindre, ou à écrire, sortir de la meute, faire battre son cœur.

Et voilà, le livre se referme. Ne reste ici que ma vie maintenant enfouie dans le passé, dévidée, avec nos guerres pour rien, une vie racornie, bougonne, sans contours, passée à attendre cette femme qui n'est pas venue, qui se souvient maintenant de moi, appuie sur l'accélérateur, car durant des années le feu a couvé, le tas a brasillé, la sève est montée, car la vie est friande, même si tu la délaisses, elle revient, folâtre, fourche, retourne la paille des jours et, sans crier gare, y met le feu, pour que tout flambe, pour que tout enfin soit vie vive, des heures crépues, remplies à ras bord, des années belles comme des pruniers. Des années pleines de couleurs, rondes et chaudes, comme le creux d'une femme, la vie croquée enfin à pleines dents, déchaussée jusqu'aux chevilles.

On aurait alors les mollets à vif, de pleines bouchées, des mâchées avec la langue, des bouches qui enfin se savourent, en bas, en haut, qui se traversent, s'enfoncent dans tous les bois, s'échinent, se tendent. On serait un couple qui enfin aurait habité le monde, mêlant son sang, se démêlant les bras, sans cage, rien que des oiseaux qui s'affûtent, se parlent, sautillent sans fin, frétillent de toutes leurs ailes. Un couple comme tous les autres avec ses jours vrais, ses jours hardis, et pas tous ces radis flétris, tous ces choux que l'on s'est servis à longueur de potages, des années durant.

Le ciel est maintenant en train de jaunir, détraqué par l'orage, tracassé par les mouches. Toute ma vie à tes côtés aura été ce pas de deux, dansé chacun dans son coin, on aura été ce couple illisible, des vies gribouillées sur le papier quadrillé d'années trop sages, trop lisses, tapissées du sol au plafond. On n'aura manqué de rien, on aura manqué de tout, de lèvres, de courage, de candeur. Désormais, sous ce porche, j'entends le rivage, j'écoute ce prénom de femme qui porte en elle la mer, le ciel, tout ce qui rend libre, comme un continent retrouvé, un dimanche qui se prend pour un jour de la semaine, une vie qui s'étonne, se raconte, devient ce royaume de couleurs, rouge fraise, vert pomme, jaune foin, des couleurs qui enfin prennent vie, se mettent à table, viennent avec des phrases longues, des mots qui enfin tiennent debout, chauffés à blanc, qui sentent le plein midi, qui sentent les heures vives, des mots enfin qui se parlent.

Sur le quadrillage de la toile, dressée, comme en alerte, la nuque claire, cette femme me regarde, stupéfaite de s'être ainsi montrée, retrouvée, avec sa voix qui vient de loin, qui remonte, s'arrache au silence, aux mots durs qui étranglent, une voix douce, pleine de miel, et ce visage tanné, repu de mer, qui maintenant me regarde, me tend la main, me dit viens, tout reste à faire, tout reste à vivre. Le ciel est là, bleu atlantique, comme à son habitude, il pèse de tout son poids, se penche, se redresse, décidé à n'en faire qu'à sa tête. La femme pense comment aurait été sa vie, à sa jeunesse trop vite partie, à sa vieillesse trop vite arrivée. Elle pense à toutes les choses irréalisées, parties en fumée, incline la tête, se souvient des aubes écrasées, des journées qui filent sans rien demander, aux récidives, aux horloges, aux pendules, aux carillons, à tous les gros bourgs traversés, aux chefs-lieux visités en coup de vent, aux cantons nichés au fin fond de ce pays qui a cessé d'exister.

Peut-être pense-t-elle à une chanson d'autrefois, un refrain que l'on fredonne de mémoire. C'est sans doute cela qu'elle a en tête, nous sommes tous des violes, des guitares, des pianos à queue, avec beaucoup de cordes, un nombre infini de combinaisons de notes, de phrasés, de couleurs, et l'on meurt sans les avoir toutes jouées, ni même appuyé sur toutes les touches, gratté toutes les cordes. Aussi, on peut avoir joué une partition très ample, trop longue, mais qui n'était pas la nôtre. Il nous a manqué un amour, un voyage, un réveil, pour donner le meilleur de nous-mêmes, pour jouer toutes les gammes. Au fond on n'a fait que tourner en rond, on a joué toujours la même note, on a manqué de souffle.

Sourire plein de blés, blouse échancrée, les genoux pointés vers le large, cette femme ouvre ses mains, ses yeux, son corps, son ventre. La lumière la ficelle, lui dévore le visage, la rompt par tous les bouts. C'est le début du commencement, d'une vie faite d'autres mots, des mots qui ne soient pas grenus, gris, rugueux, des mots qui soient bien plus que des mots, l'eau vive de la vie qui enfin entre en moi, comme une vague, comme un prénom de mer, et cette femme me tend la main, me dit viens, ma belle, viens, tout reste à vivre.

ÉPILOGUE

Lorsque tu es mort, au printemps de l'année soixante-sept, j'ai donné toutes nos toiles, les tiennes, les miennes, toutes. Pour être enfin réunis dans un même musée, je le souhaitais plus que tout. Elles sont néanmoins restées ensemble bien peu de temps. Les tiennes y sont toujours. Des miennes ils ont fait de la charpie, les donnant, ici et là, à des hospices, à des hôpitaux de charité, les éparpillant dans la ville en contrebas, à l'est, à l'ouest. Ils ont à peine attendu quelque temps, après que moi aussi je suis partie, en mars de l'année suivante.

On aurait mieux fait de les jeter au feu, de les donner aux forains. Pour les voir, il faut aujourd'hui s'armer de patience, fouiller dans les clichés en noir et blanc, avec un peu de chance on y trouve quelques huiles, autant d'aquarelles, un peu de croquis, une œuvre famélique qui est restée sur sa faim, là, au coin, hors cadre, d'une de ces photographies en noir et blanc prises à la va-vite. Ma vie, une bouche édentée, des seins qui tombent et des tableaux que l'on ne retrouve pas. Voilà le bilan. Sans doute tous jetés à la poubelle, dans des impasses où même les éboueurs ne vont plus. Je les imagine enduits de cire, laqués, plaqués au sol, avec leurs châssis éventrés, abandonnés dans les caves, ou dans les décharges, les nageoires sectionnées, amputés, drainés, avec leurs mèches jaunies, leurs cadres déchirés, tous recrachés, au milieu des bouteilles et des seringues.

Tes mille cinq cents œuvres et les miennes, à peine quelques centaines, leurs destins à jamais, maintenant, séparés. Les miennes m'ont pourtant coûté autant d'efforts, de foirades et de trouvailles. Des années durant il a fallu que je jongle avec tes horaires, avec tes colères, tes cadences, tes humeurs tantôt froides, tantôt arctiques. Peindre donc toujours en cachette, les mêmes ciels, les mêmes collines, avant que tu ne me tombes dessus, réclames ton attention comme un gamin qui trépigne. J'ai fait cela dès que j'ai pu, grappillant ici et là les miettes, grattant les heures, les fonds de casserole, histoire d'y croire encore un peu, de continuer à être. Maintenant les soleils sont vieux, vieux aussi les printemps, et mes jours sont eux morts, à jamais siphonnés dans l'évier.

Je me souviens, des années avant de te connaître, pendant quinze ans j'ai été la coqueluche de ces messieurs, mes dessins se vendaient comme des petits pains, la *New York Tribune*, l'*Evening Post*, le *Chicago Herald Examiner*, tous se les arrachaient. Et mes œuvres, ah mes œuvres, elles s'exposaient partout, aux côtés des plus grands, de Picasso, de Man Ray, de Modigliani, tous ceux que tu as toujours jalousés, ignorés, rabaissés. C'est moi qui t'ai encouragé à prendre au sérieux l'aquarelle, moi qui trouvais les titres pour tes toiles, lorsque tu patinais, calais, et encore moi qui te recommandais auprès des conservateurs, des marchands, des collectionneurs.

Par la suite, je suis tombée dans ce trou de l'oubli. Les galeristes n'en avaient plus que pour tes beaux yeux, ton coup de patte. On dit que tes œuvres racontent les villes américaines, leurs rues vides, leurs maisons désertées, mais c'est beaucoup plus simple : c'est notre vie qui est là sous ces ciels blancs, nos vies si confinées, si seules, cette traversée que l'on a faite à deux, chacun de notre côté.

Post-scriptum

À la mort de Hopper, Jo a fait don de toutes les œuvres de son mari, ainsi que des siennes, au Whitney Museum of American Art. Elle survécut à peine dix mois à son mari et plongea alors dans l'oubli. Les œuvres de Jo furent reléguées, pendant trois ans, dans les catacombes des musées. Puis l'institution se débarrassa des toiles de Josephine en les éparpillant dans les hospices de la région de New York et en jetant le reste à la poubelle. Depuis sa mort, en 1968, le Whitney Museum n'a jamais exposé ses œuvres tandis que les tableaux d'Edward trônent dans les plus grands musées du monde et s'arrachent à prix d'or.

Une photographie du couple résume leurs vies. Elle a été prise par leur ami le photographe Arnold Newman, sur une colline de Cape Code, là où ils avaient leur maison d'été. Edward se tient au premier plan, le buste droit, haut comme un pommier. Sur la droite, un personnage se hisse et essaye de figurer dans le cliché : c'est Jo, qui pousse sa frimousse, tente en vain de dire qu'elle est là, qu'elle existe, même si c'est hors cadre, très loin, à contre-champ. En deux mille seize on découvrit, dans le grenier de cette maison, vingt-quatre carnets remplis d'écrits intimes qui retracent leur huis clos.

Les ventes des toiles de Hopper ont atteint des sommets, presque une centaine de millions de dollars pour certaines d'entre elles. Au total trois cent soixante-six toiles auront été peintes. Désormais toutes dans les plus grands musées du monde, à New York, à Portland, à Chicago, à Boston, mais aussi en Europe, à Madrid, au Thyssen. La rétrospective consacrée au peintre, au Grand Palais, en France, dans sa ville préférée, si chérie, a réuni presque un million de visiteurs. Plus que tout autre, davantage que celle de Picasso, presque autant que celle de Monet.

Aujourd'hui le Whitney Museum conserve à peine deux œuvres de Jo, dont une, ultime ironie, intitulée Obituary. *On peut y voir... trois mille cent cinquante-six œuvres de Hopper, toiles, dessins, aquarelles, esquisses, croquis. Il y a vingt ans, près de deux cents œuvres de Jo ont refait surface, par miracle, redécouvertes dans les caves du musée : Jo avait pris soin elle-même d'y cacher ses aquarelles, à l'insu des directeurs de l'époque. Une critique d'art, tenace, l'Américaine Elizabeth Thompson Colleary, les dénicha, ainsi que plusieurs folios d'aquarelles qu'avait conservés le révérend Sanborn, l'ami des derniers mois du couple, lorsque les deux étaient déjà malades.*

En 2021-2022, Elizabeth Thompson a rassemblé l'essentiel de ces œuvres dans une exposition réalisée à l'Edward

Hopper House Museum, dans la maison natale du peintre, à Nyack, dans l'État de New York. Il aura fallu ainsi attendre plus d'un quart de siècle après leur mort pour qu'enfin les œuvres de Jo refassent surface, comme libérées de leur gaine, pour que celle qui fut sa compagne sorte de l'ombre, même si c'est si peu.

Composition : PCA
Achevé d'imprimer
par CPI Firmin-Didot
à Mesnil-sur-l'Estrée, en mars 2023
Dépôt légal : mars 2023
Premier dépôt légal : février 2023
Numéro d'imprimeur : 174511

ISBN : 978-2-07-298973-5/Imprimé en France

612048